Labor
Day

一日一生

〔美〕乔伊斯·梅纳德　著

徐海幩　译

人民文学出版社

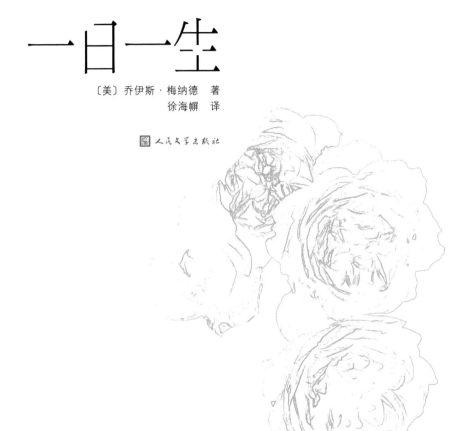

著作权合同登记号　图字 01-2014-4530

LABOR DAY，Copyright © 2009 by Joyce Maynard.
Published by arrangement with William Morrow, an imprint of
HarperCollins Publishers.
Simplified Chinese edition copyright：
© 2015 People's Literature Publishing House CO.,LTD
All rights reserved.

图书在版编目 (CIP) 数据

一日一生／（美）梅纳德著；徐海幏译 . —北京：人民文学出版社，2015
（电影 · 书）
ISBN 978-7-02-010782-7

I. ①一… II. ①梅…②徐… III. ①长篇小说—美国—现代 IV. ① I712.45

中国版本图书馆 CIP 数据核字（2015）第 044213 号

责任编辑	仝保民　陈　黎　马　博	
责任校对	李晓静	
装帧设计	李思安	
责任印制	史　帅	

出版发行　人民文学出版社
社　　址　北京市朝内大街 166 号
邮政编码　100705
网　　址　http://www. rw-cn. com

印　　刷　三河市鑫金马印装有限公司
经　　销　全国新华书店等

字　　数　165 千字
开　　本　880 毫米 ×1230 毫米　1/32
印　　张　9.125　插页 3
印　　数　1—10000
版　　次　2016 年 4 月北京第 1 版
印　　次　2016 年 4 月第 1 次印刷

书　　号　978-7-02-010782-7
定　　价　29.00 元

如有印装质量问题，请与本社图书销售中心调换。电话：01065233595

———✍———

谨以此书献给我的儿子查理·贝瑟尔与
威尔逊·贝瑟尔，
是他们用自己的爱和无数可爱的行为，
让我懂得了十三岁少年的情感世界。

Contents

目 录

一 日 一 生

{ 第 一 章 }

————

他说，没准以后就不一样了。他用
手指摸着那个棒球上的缝合线，使
劲儿地盯着球，就好像他的手里正
攥着整个世界。

父亲走后家里就只剩下我们俩，母亲和我。父亲说我应该把他和新老婆玛乔丽刚刚生下的孩子也当作自己的家人，还有玛乔丽的儿子理查德。理查德比我小六个月，很多的运动项目我都一塌糊涂，可他都玩得很棒。但是我们家就只有我母亲阿黛尔和我，仅此而已。与其把那个小孩——克洛伊——当作亲人，我还不如把仓鼠乔算上呐。

每个星期六的晚上父亲都要过来接我，然后带着全家人去弗兰德里斯餐厅吃饭。他总是想让我坐在后座上，跟她坐在一起。等坐进了餐馆的小隔间他就会从口袋里掏出一盒棒球卡，发给理查德和我。我一向都把我的卡片给理查德。干吗不呢？提起棒球我就伤心。体育老师说，好啦，亨利，你打蓝队，结果蓝队的人全都开始哼哼唧唧起来。

基本上母亲对父亲闭口不提，也不提他现在娶的那个女人，还有那个女人的儿子，还有他俩生的小孩。只有一次她说漏了嘴，当时我把父亲给我的一张相片落在了桌子上，是我们五个人的合影，一年前我跟他们去迪斯尼时拍的。母亲仔仔细细地打量了足有一分钟。她站在厨房里，瘦小苍白的手攥着相片，美丽纤长的脖子稍稍偏向一侧，就好像她正盯着的图像里夹杂着一个费解的大谜团。其实相片里就只有我们五个人，挤在一个旋转茶杯①里。

那个孩子的两只眼睛不协调，我想你父亲应该有些发愁，她说。不过应该只是发育得慢了点，不存在智力迟缓的问题，不过我还是觉得他们会给孩子做做检查。亨利，你觉得她反应慢么？

可能有一点吧。

我就知道，母亲说。而且这个孩子跟你一点也不像。

嗳，我清楚自己是谁。我知道对我来说谁才是真正的家人。只有她。

那天我和母亲就这样出了门，这种样子很少见。通常母亲哪儿也不去。可是我需要买上学时穿的裤子。

好吧，她说。那就去普莱斯玛商场。好像那个夏天我长高了半英寸只是在给她惹麻烦似的。这倒并不是说她压根就没碰到过任何麻烦。

她刚把钥匙插进点火开关后发动机就转了起来。这还真有些出人意料，毕竟距离上次我俩出门大概已经过去一个月了。她开得很慢，跟往常一样，就好像路上落着浓雾，或者

① 迪斯尼乐园里类似于旋转木马的游戏设施。

结着冰似的，可这是夏天啊，距离开学已经没几天了，劳动节周末前的星期四，而且太阳也明晃晃的。

这是个漫长的暑假。刚放假那会儿我还一心指望着在接下来这么长的假期里我们能去一趟海边，天黑就回来，母亲说路上太堵了，而且我很有可能会被晒坏，因为我有着"他"的肤色，她说的是我父亲。

放假后的整整一个六月，再加上整整一个七月，现在眼看八月也快要结束了，我一直希望能出点什么事情，可是什么事儿也没有发生。我说的可不单单是父亲过来接我，带我去弗兰德里斯吃饭，偶尔再跟理查德和玛乔丽还有那个小宝宝一起打打保龄球，要不就是他带着我们去白山溜达一圈，去一个篮子加工厂，还有玛乔丽想去的一个地方，那里做出来的蜡烛带着蔓越莓、柠檬，或者姜饼的气味。

结果那个夏天我看了好久的电视。母亲教会了我怎么玩单人纸牌，玩腻了之后我就把家里很久没有打扫过的地方统统翻了一下，就这样找到了一块五角钱。可这笔钱根本存不住，买一本智力游戏书就没了。如今就连跟我一样古怪的小毛孩都在玩"任天堂"的掌机或者索尼游戏主机，当年只有少数一些家庭才有"任天堂"，我们家偏偏不属于这种家庭。

那会儿我一门心思惦记的就只有姑娘们，可是除了瞎琢磨，现实中什么也没有发生。

那时我刚满十三岁。我想知道女人的所有事情，还有她们的身体，还有人跟人在一起都会干些什么——异性的两个人，还有为了赶在四十岁前交到女朋友我都得做些什么事情。我对性充满了疑问，可显然探讨这些事情母亲不是合适的人选，虽然她时不时地会主动提起这个话题。比方说开车去商店的路上。我猜你的身体开始出现变化了，她说道，手里还握着方向盘。

我什么也没说。

母亲死死地盯着前方，就好像她是《星球大战》里的卢克·天行者，手里正握着战机的操纵杆似的。正奔向银河系之外的星系。大商场。

到了地方母亲就跟我直接奔向了男装区，我俩挑了几条裤子。还有一包内裤。

我想你还得买双鞋，她说。现在只要外出她就是那副腔调，仿佛一切就像是一部蹩脚的电影，可是既然已经买了票，那我俩就只能坚持到底了。

旧的那双还能穿，我说。我的想法是，要是这趟出门就买了鞋的话，那再上这儿来或许就得等上好些日子了。如果鞋的事情再拖一阵儿的话，那我们就还得再回来一趟。一开学我就得再买些笔记本和铅笔，还有量角器，还有计算器。然后，等我提出买鞋的要求时她会说咱俩上次去商场的时候你怎么不跟我说？这时我就可以让她看看购物单上的其他几样东西，这样一来她就得让步了。

我们逛完了服装区。我把挑好的东西放进了推车里，又去了卖杂志和平装书的地方。我拿起一本《疯狂》①翻了翻，尽管我真正想看的是《花花公子》，可他们给杂志封上了塑封包装。

我看得到几排货架之外的母亲，她正推着我们的手推车走在过道里。走得很慢，就像是缓缓流淌的小溪里的一片树叶，只是漂着。不清楚她往推车里放了些什么，不过后来就知道了，是摆在床上、好让你通宵达旦看书的那种靠枕。一个装电池的手持风扇，不过里面没放电池。一个动物瓷器摆件，刺猬之类的东西，身体两侧有沟槽，你可以在上面撒些种子，让种子一直保持湿润，过上一阵子，种子发了芽，小动物身上就会长满叶子。她说这就跟宠物一样，只是你不用操心清理笼子。

仓鼠的饲料，我提醒她。我们还得买这个。

⁓

我聚精会神地读着《时尚》里一篇吸引人的文章——《女人希望男人了解的秘密》，就在这时一个男人凑了过来，冲着我开了口。他就站在益智书籍旁边的货架前，那个货架上摆的都是有关园艺和毛线编织的杂志。他盯着杂志的样子让

① 《疯狂》，时代华纳公司旗下的讽刺类双月刊，于 1952 年创办。

你觉得他根本就不打算翻一翻杂志。他只是想跟我说话。

我在想你能不能帮我个忙，他说。

我就在那儿打量着他。他是个大高个，脖子和露出的手臂都长着发达的肌肉，他的脸让人能一眼看出他脸皮下的骨骼——即使是还活着的时候。他穿着普莱斯玛商场员工穿的T恤衫，红色的，口袋上印着名字。是"文尼"。仔细瞧我才发现他的一条腿在流血，血渗出了裤子，一直流到鞋上，实际上应该说是拖鞋。

你在流血，我说。

我从窗户里跌了出来。他说话时的那副样子就好像他只是被蚊子叮了一下，或许这就是为什么他的回答在当时听来并没有那么古怪。或者说，在那个时候或许一切都太古怪了，他的这句话也就不那么突出了。

咱们得找人帮帮忙，我对他说。我想母亲应该不是最佳人选，好在周围还有不少顾客。他在那么多人里挑中了我，这种感觉还真不错。通常我是不会碰到这种好事的。

我不想吓到别人，他说。你也明白的，很多人都害怕看到血，他们觉得自己会感染上病毒，他说。

我明白他的意思，当年春天学校里的一次集会让我明白了这一点。在那个年代所有人都清楚这一点，不要碰到别人的血液，别人的血会害死你的。

他问我，你是跟那边的那个女人一起来的，是不是？他朝我母亲那边望着，母亲正在园艺工具区打量着一根软管。家里没有软管，不过也没有正儿八经的花园。

漂亮女人，他说。

是我妈。

我想问一句，你觉得她愿意捎我一程么？我会十分小心，尽量不把血染在座位上。你们能把我送到别处去么？她看起来像是乐意帮我的人，他说。

这是事实。可是天知道这对我母亲而言究竟是不是一件好事。

你想上哪儿去？我问他。我心想这个商场对员工可真不怎么样，受了这么重的伤，员工却只能求助于顾客。

去你家，怎么样？

说话的时候他好像还是在征求我的意见，可是他看着我的那副样子就好像他是《银色冲浪手》①里的人物，充满了超能力。他把手搭在我的肩上，牢牢地抓着我的肩膀。

老实跟你说吧，孩子，我需要你们的帮助。

我更加仔细地打量起他。看得出来他的下巴很疼，但是他在竭力地掩饰着自己的疼痛——压低下巴，就好像他正在咬指甲似的。裤管上的血迹不太明显，因为裤子是藏青色的。商场里吹着空调，可是他却不停地冒着汗。这会儿我才注意到他的脑袋一侧也挂着细细的血迹，干结在头发上。

商场里正在清仓甩卖棒球帽。他挑了一顶帽子戴在了自

① 《银色冲浪手》（又译《银魔》），美国漫威漫画旗下的超级英雄系列图书。

己的脑袋上，这样一来别人就看不清楚他脑袋上的血迹了。他一瘸一拐地走着，不过很多人都跟他一个样。他从架子上取下一件羊毛马甲，把马甲套在了"普莱斯玛"T恤衫的外面。他还撕掉了马甲上的防盗标签，看来是不打算付款了。大概是商场的员工福利政策吧。

马上就好，他说。还有一个东西要拿。等着啊。

我母亲对事情的反应总是出人意料。有时候有人上门发送宗教宣传册，她会大吼大叫地把对方赶走，又有一些时候，在放学回家后我却看到有人坐在沙发上跟她一起喝着咖啡。

这位是詹金斯先生，她说。他想跟咱俩讲一讲他正在为乌干达一所孤儿院募捐的事情，那里的孩子每天只能吃上一顿饭，没有钱买铅笔。每月只用十二块钱咱们就可以资助这个小男孩，阿拉克。他会成为你的笔友。就像你的弟弟一样。

按照我父亲的说法我已经有了一个弟弟，可我俩都明白玛乔丽的儿子不算数。

太棒了，我说。阿拉克。她开了一张支票，詹金斯先生给了我俩一张照片。照片很模糊，毕竟只是复印件。母亲将照片粘在了冰箱门上。

有一次，一个女人穿着睡衣徘徊在我家的院子里。这个女人年纪很大，忘记了自己住在哪里，只是不停地说要找儿子。

母亲把她带进了屋，为她煮了咖啡。她对老太太说，我明白有时候事情就是这么乱，我们会帮你搞清楚的。

在类似这样的情况下母亲就会掌控大局，我喜欢这样，这种时候她看起来就恢复正常了。喝完咖啡，吃完面包，我们把老太太扶上了我们的车，让她坐在前座上，给她系上安全带。实际上，这应该是这次出门之前母亲最后一次开车。她开着车，带着老太太在附近地区来来回回地兜了好一阵子。

母亲对老太太说，贝蒂，要是看到熟悉的东西就跟我说一声。

她一向把车开得很慢，这一回总算慢对了。一个男人看到了我们，看到了前座上的贝蒂，他冲我们挥起了手。

母亲摇下车窗后那个男人说，我们一直在找她，都要急疯了，真是万分感谢你们这么照顾她。

她没什么事儿，母亲说。她的到来让我们很开心，希望你还能再带她过来。

当贝蒂的儿子绕到这一头，为贝蒂解开安全带的时候，贝蒂说，我喜欢这丫头。埃迪，这才是你应该娶的女人。而不是那个泼妇。

我仔仔细细地打量着这个男人的面孔，就是看一看而已。他显然算不得英俊，不过看起来倒是个友善之人。一时间我甚至希望自己能想办法告诉他我的母亲还是单身。家里就只有我们俩。他偶尔可以带着贝蒂来我家串串门。

告别贝蒂母子后我对母亲说埃迪看起来人挺好。没准他也离婚了。不试试怎么知道有没有希望呢。

我们在五金货架前赶上了我的母亲。她说，既然来了，我就应该买几个灯泡。

真是个好消息。每当有灯泡烧坏后母亲基本上都不闻不问，渐渐地家里就长期处在黑暗中。现在，厨房里就只有一只灯泡还能点亮，而且瓦数还不高。在夜里，要是想看清什么东西的话，有时候就只能打开冰箱，借着冰箱里的灯光。

她说，真不知道咱俩怎么才能把这些灯泡插进灯座里。我可够不着天花板上的灯座。

就在这时我把流着血的男人介绍给了她。文尼。我心想他的身高算是一个优势。

我母亲阿黛尔，我说。

我叫弗兰克，他说。

这不是我头一回误判一个人的身份了，显然他是穿错了员工衬衫。

你养了一个好儿子，阿黛尔，他对她说。他好心地答应捎我一段。没准我能帮上忙，就算是回报吧。

他指的是那些灯泡。

房子里任何需要帮忙的事情都没问题，他说。没有多少活是我干不了的。

她开始仔细打量起他的脸。就算他戴着帽子，凝结在面颊上的血迹还是能看得见，可是她好像没有注意到他脸上的血，或者注意到了，只是对她来说这不是什么要紧的事情。

我们三个人一起结了账。他对我母亲说我的智力游戏书算在他的身上，不过他得给我写一张欠条，当时他手头紧张。显然，他没有向收银员提起他的棒球帽和羊毛马甲。

除了我的新衣服和浇水用的软管，还有枕头和陶瓷刺猬，以及灯泡和风扇，母亲还买了一只三合板做的球板，球板上用松紧带绑着一个球，可以不停地打下去，打多久都不会中断。

亨利，我想给你找点好玩的事情。她一边说，一边将这个玩具放在了结账柜台的传送带上。

我懒得跟她说大约从六岁开始我就不再玩这种玩意儿了，可是弗兰克开了口。像他这样的男孩需要真正的棒球，他说。叫人吃惊的是，他的口袋里就装着一个棒球。标价签都清晰可见。

我告诉他，我棒球打得糟透了。

他说，没准以后就不一样了。他用手指摸着那个棒球上的缝合线，使劲儿地盯着球，就好像他的手里正攥着整个世界。

走出商场时弗兰克拿了几张印着本周特卖的商场广告页。走到汽车跟前后他把广告页铺在了后座上。他说，阿黛尔，我不想弄脏你的座套。我可以这样称呼你么？

别人的母亲大概会向弗兰克问上一大堆的问题。很有可能压根就不会搭理他。可是我的母亲什么也没问就开动了汽车。我在想，就这样不声不响地离开岗位他会不会惹上什么麻烦呢。不过，就算会惹上麻烦，他看起来似乎也不在乎。

我们三个人中间似乎只有我有些忧虑。我觉得在眼下这种情况下自己应该做点什么，可是跟以往一样，我不知道该做什么。弗兰克似乎很平静，也很清楚自己在做什么，让人就想跟着他走。当然，事实上是他跟着我们走。

他对我母亲说，在判断人的方面我的直觉非常好。在商场里我打量了一圈，那么大的商场，知道找上你就对了。

我不会对你撒谎，他说。目前的情形很糟糕。在这种情况下很多人都不会想要跟我有什么瓜葛。直觉告诉我你是那种非常善解人意的人。

活在这个世界上很不容易，他说。有时候你得放下一切，坐下来，好好地想一想。理清思路。躲上一阵子。

这时我看了看母亲。我们正走在商业街上，刚刚路过邮局、药店、银行、图书馆。所有那些熟悉的老地方，尽管以前我经常经过这里，但是还从来没有跟弗兰克这样的人在一起走过这条路。就在这时他提醒我母亲听上去刹车转子好像磨得有点薄了。他说，要是自己手头有几样工具的话他就能帮忙看看究竟出了什么问题。

我坐在母亲旁边，仔仔细细地打量着她的脸，想看看弗兰克说这些话的时候她会出现怎样的表情。我能够感觉到自己的心跳，心口也有些紧，倒不是出于恐惧，但是也差不了多少，不过却是一种奇怪的喜悦。父亲带着理查德和刚刚出生的宝宝，还有我和玛乔丽一起去迪斯尼乐园，我们几个人坐进"飞越太空山"①的时候我就出现过这种感觉，当然玛乔丽和小宝宝没有跟我们一起玩。电车开动之前我有点儿想要下车，就在那时灯亮了，音乐响起来了，理查德捅了捅我，说，要是想吐的话就冲另一边吐。

今天我运气不错，弗兰克说。没准你也一样。

就在这一刹那我知道我们的生活要改变了。我们坐上了"飞越太空山"，钻进了一片黑黢黢的世界，有可能会天塌地陷，我们甚至无法知道这辆车将把我们带向何方。我们或许还能回来。或许再也回不来了。

即便母亲先前就碰到过这种事情，她也掩饰得很好，没有露出丝毫的痕迹。她只是一如既往地握着方向盘，眼睛直视前方，朝着家的方向驶去。

---

① 迪斯尼乐园里的室内过山车。

Chapter Two

{ 第 二 章 }

———

母亲的身材仍旧没有走样。有一次
她为我穿上了过去的舞裙，那时我
才知道她的身材一如从前，尽管现
在她只会在自家厨房里跳舞，但她
的双腿仍然是舞蹈家的腿。此刻弗
兰克正盯着那两条腿。

我们住的那个地方——新罕布什尔的霍尔顿米尔斯镇——街坊们都知道彼此的家长里短。他们会注意到你家草坪里的草长得太高了，应该修剪了；要是你重新粉刷了房子，房子不再是白花花的一片，他们或许当着你的面一声不吭，可是背过你就开始倒你的是非了。我母亲不希望别人打扰她。以前她喜欢站在舞台上，让所有人看她表演，可是现在母亲一心只想做个隐形人，或者说尽量把自己封闭起来。

她说过之所以喜欢我们的房子，其中一个原因就在于那所房子的位置。我们家位于街道尽头，背后没有其他人家，只有一片广阔的田野，一直通向树林。很少有车辆从我家门前经过，只是偶尔会有一些人找错了地方，得从我们家门前掉头。除了给孤儿院募捐的那个人，还有零星几个上门传教的人，或是为请愿募集签名的人之外，其他人基本不会来我家，这对我母亲来说真是个福音。

以前我们可不是这样的。我们有时候去别人家做客，有时候会请别人来我家串门。可是，现在母亲基本上就只剩下一个朋友,而且就连这个朋友也几乎不怎么来我家。伊夫琳。

　　差不多就在父亲离开我们的时候母亲碰到了伊夫琳,当时母亲打算在家里开办一个儿童创意活动小课堂,你难以想象现在的她会从事这样的工作。她真的在城里四处散发宣传页,还花钱在本地报纸上打了广告。按照她的构想女人们带着孩子来我家,她播放音乐,提供领巾和缎带之类的东西,大家一起随意跳舞。活动结束后大家一起吃点点心。如果客户足够多的话,她就不用操心去外面找份正常工作了。寻常的职业可不适合她。

　　为了这个事情她做足了准备,为客人缝制了小垫子,把客厅里的家具全都挪走了,好在本来也没几件家具。还买了一块地毯,本来是别人买的,可以铺满整个房间,结果人家没付款。

　　那时我还很小,可是我记得那天上午第一次开课时的情形。她点起了蜡烛,在房间各个角落都摆满了蜡烛,还烤了饼干,是那种很健康的饼干,全麦加蜂蜜,没用白糖。我不想参加她的课堂活动,于是她说我可以操作录音机,如果她在开课后忙于照顾大孩子的话,我还要帮她盯着低龄的孩子,我还可以为大家分发点心。我们排练了一遍,在第一次上课的那天清早,她给我示范了一遍我要做的事情,还提醒我要是有人需要使用卫生间，我就还得在低龄的孩子解手之后帮他们穿好裤子。

接着就到了顾客登门的时间了。时间过去了，一个人都没有来。

大约开课半个钟头后一个女人带着一个孩子出现了，孩子坐在轮椅上。这个女人就是伊夫琳，还有她的儿子巴里。从巴里的个头来看我觉得他跟我的年龄相仿，可是他没法说话，只能在一些不寻常的情况下发出一些噪音，就好像他在看一部没有人看得见的电影，突然影片中出现了一段滑稽的情节，还有一次就像是影片中某个他非常喜爱的角色死了，他将脑袋抵在自己的手心里，可是这样他又感到很不舒服，两只手剧烈地抽动了起来，脑袋也随之抽动着，跟两只手的方向还不协调，他坐在轮椅上，哼哼唧唧地抽泣着。

伊夫琳一定以为创意活动对巴里有好处，要是问我的话，我觉得他的动作本来就很有创意。不过，母亲还是忙活了一阵子。她和伊夫琳将巴里扶到了特制的垫子上，放上了她喜欢的音乐，歌舞片《红男绿女》的插曲辑，配合着《今夜做女人真幸运》给巴里和伊夫琳示范了几个动作。伊夫琳的确显示出了一些潜力，她说。可是，跟上拍子绝对不是巴里做得了的事情。

在这节课之后小课堂就歇业了，不过伊夫琳和我的母亲倒是成了朋友。她经常带着巴里来我家，巴里就坐在超大号的婴儿车里，母亲会煮上一壶咖啡，伊夫琳将巴里放在屋子背后的门廊上，母亲就打发我去陪着巴里，伊夫琳抽着烟，跟她说着话，她就听着。时不时地我会听到*少年犯扶助*或者*面对他的责任*，要不就是*我承受的痛苦*或二流子之类的话，这都是伊夫琳说的，我母亲从来没有这么说过，不过基本上我都在走神，没有注意她俩究竟在聊什么。

我试着琢磨一些巴里能做的事情，能让他提起兴趣的游戏，可是这种事情太难了。有一次百无聊赖的时候我突然想到用自造的语言跟他聊聊天，就是一些声音和噪音，就像他时不时发出的那种声音。我坐在他的婴儿车正对面，就这样跟他聊了起来，一边还用手比划着，就好像我在讲述现在这个复杂的故事一样。

我的举动似乎让巴里兴奋了起来，至少他发出了更多的响声。他大喊大叫了起来，手臂也比平时挥舞得更猛烈了。结果，原本在屋里的母亲和伊夫琳来到门廊上，想看看究竟出了什么事情。

怎么回事儿？伊夫琳说。从她的表情可以看出她不太高兴。她冲到巴里的轮椅跟前，轻轻地抚平了他的头发。

真不敢相信你儿子居然会这样取笑巴里，伊夫琳对我母亲说。她收拾好巴里的东西，拿起自己的烟。我还以为你会理解我的，她说。

母亲说，他俩只不过是在做游戏。出不了什么事的。亨利很善良，真的。

可是伊夫琳和巴里已经走出了门。

自此之后我们几乎再也没有见过他们母子俩了，在我看来我和母亲没有损失什么，可是我明白母亲多么需要朋友，她太孤独了。在伊夫琳之后，她就再也没有结交过新朋友了。

有一次，同班同学瑞恩请我去他家过夜。他们家刚搬到这个镇子上，所以他还不清楚人们绝对不会邀请我这样的人去家里做客。我接受了邀请。当他的父亲开车来接我的时候，我已经做好了拔腿就走的准备。购物袋里装着我的牙刷，还有第二天要换的内衣。

我想我应该先向你的父母做一下自我介绍，瑞恩的父亲说，这时我正在往他的车里钻。这样一来他们就不会担心了。

是母亲，我说。只有我妈妈一个人。她已经说没问题了。

我只是露个面，打声招呼，他说。

我不知道她都说了些什么，可是当他出来后他看起来就像是对我充满了同情。

孩子，你可以随时来我家做客，他对我说。可是，打这以后我就再也没见过他。

所以说开车带着弗兰克跟我们一起回家真的是天大的事情。他大概是最近一年来我们接待的唯一一位客人。或许还有一位。

很抱歉，你会看到我家乱得不成样子，母亲一边说，一边把车开进了我家的车道。我们一直很忙。

我看了看她。忙什么？

她推开门。仓鼠乔正在自己的轮子上转个不停。厨房的餐桌上摊着一份几个星期之前的报纸。家具上贴着写有西班牙文的便笺，是记号笔写的 Mesa，Silla，Agua，Basura（桌子、椅子、水、垃圾）。除了自学扬琴之外，学习西班牙语也是母亲用来填满这个夏天的活动之一。从六月开始她就一直在听从图书馆借来的磁带。¿Dónde está el baño? ¿Cuánto cuesta el hotel?（盥洗室在哪里？这个旅馆多少钱一天？）

这些磁带都是为游客录作的。这有什么意义？我问她，我希望我们打开广播，听听音乐，而不是这些磁带。据我所知我们又不去说西班牙语的国家。每六个星期左右去一次超市都算是我俩的成就。

你永远都不知道未来有什么样的机会等待着你，她说。现在看来机会的出现还有其他渠道。你无须去其他地方寻找刺激。刺激会自动找上门的。

现在我们都进了厨房，令人感到精神振奋的黄色墙壁，唯一一个还能亮起来的灯泡，去年留下的神奇绿色陶瓷动物———头猪，绿色嫩苗形成的"寸头"早就发黄变干枯了。

弗兰克朝四下里缓缓地打量了一圈。他走进厨房，仿佛靠墙堆满五六十罐金宝汤番茄罐头，看起来就像是鬼城超市货架一样的厨房没有什么不同寻常的地方，番茄罐头旁边还堆着同样高的一摞盒子，盒子里装的都是弯管通心粉，还有一罐又一罐的花生酱，一袋又一袋的葡萄干。去年夏天母亲教我跳狐步舞和两步舞时在地板上做的步伐标记仍旧清晰可见。她叫我踩着她用模板印在地板上的脚印图标，她当我的舞伴，嘴里还数着拍子。

对男人来说学会跳舞是一件非常好的事情，她说。一旦学会跳舞，就拥有了整个世界。

好地方，弗兰克说。温馨。我能在 Mesa（桌子）旁坐下来么？

咖啡里需要什么？她问他。她自己喝的是清咖啡。有时候她似乎就靠清咖啡过日子了。我记得这些罐头和意粉都是我俩一起去买的。

弗兰克仔仔细细地打量着桌子上那份报纸的大字标题，尽管那都是几个星期之前的旧报纸了。似乎大家都不着急开口，我想还是由我来打破僵局吧。

你的腿是怎么受的伤？我问他。当然我也想知道他的脑袋出了什么问题，可是我觉得还是应该慢慢来。

他说，亨利，我要跟你实话实说。我很惊讶，他居然记住了我的名字。他又对我母亲说，阿黛尔，奶油和糖，多谢了。

她背对着我俩，一勺一勺地数着数。他似乎是在跟我说话，或者说打算跟我说话，可是他的眼睛却盯着我的母亲。这还是我头一次能够想象得出在儿子之外的其他人眼中她是怎样一副模样。

有一次一个姑娘——雷切尔——跟我说，你妈看起来就像是尼克罗顿国际儿童频道播出的《盖里甘的岛》中的吉格尔。这是五年级时候的事情，当时母亲在学校里露了一面，这很罕见，她是去看《瑞普·凡·温克》的，我在剧中扮演瑞普。雷切尔猜测我的母亲有可能就是扮演吉格尔的演员，我们之所以住在这个小镇上是为了让她逃离影迷，还有好莱坞的压力。

那时候我也不知道是否应该支持雷切尔的推测。对于母亲几乎不怎么出门的习惯来说，这种理由听起来比实际原因要强一些。无论实际原因究竟是什么。

尽管她已为人母——并非是随便什么人的母亲，而是我的母亲，身上穿的只是一条旧裙子，还有她那条穿了一辈子的紧身裤，可我还是能看得出在别人眼中她有多么漂亮。不止如此。在学校里见到的大多数母亲，那些下午三点开车等在校门外来接孩子放学的母亲，或者是跑进学校来拿孩子落下的家庭作业的母亲，她们早就没有什么身材可言了，大概是从生孩子那时起。父亲的妻子玛乔丽就是这样的，尽管的确如母亲说的那样，玛乔丽比她年轻。

母亲的身材仍旧没有走样。有一次她为我穿上了过去的舞裙，那时我才知道她的身材一如从前，尽管现在她只会在自家厨房里跳舞，但她的双腿仍然是舞蹈家的腿。此刻弗兰克正盯着那两条腿。

我不会骗你的，他又说了一遍，说得很慢，他的眼睛仍旧钉在她的身上。她这会儿正往"咖啡先生"里灌水。或许她知道他正在看她。她慢慢悠悠，不慌不忙地灌着水。

有那么一会儿弗兰克似乎压根就不在这个房间里，而是在遥远的地方。看着他，你或许会以为他正在看投射在屏幕上的电影，而屏幕就位于冰箱附近。冰箱上还有冰箱贴挂着的我那位非洲笔友阿拉克的相片，相片已经褪色了，冰箱贴上印着的也是过去几年的日历。有那么一会儿弗兰克的眼睛就像是直勾勾地盯着外太空的某一点，而不是房间里的什么人。当时房间里只有坐在餐桌旁翻着漫画书的我，还有正在煮咖啡的母亲。

他说，我的腿……我的腿，还有我的脑袋……是我从医院二楼的窗户里跳出来时弄伤的，他们送我去摘除阑尾。

在监狱的医院，他说。我就是这么出来的。

在回答问题时，如果答案可能会让别人对自己产生不好的印象，有些人就会先解释上一番（例如，对于你在哪儿上班这样的问题，答案只是"麦当劳"，但是首先他们会说一通实际上我是个演员，或者事实上我就要申请医学院了；要不就是试着让事实显得跟实际情况有所出入，比方说，当他们说自己在做打折促销活动时，实际上他们的意思是他们跟别人一样，给你打电话是想让你订阅特惠价销售的报纸）。

弗兰克不是这样的。就在斯丁奇费尔德州监狱，他说。他掀起身上的 T 恤衫，露出第三处伤口，要不是这样别人根本不会发现这处伤口。不过，这个伤口经过了包扎。他们就是从这里摘除了他的阑尾。从伤口上看，手术应该是刚刚做完的。

母亲冲着他转过了身。她一手拿着咖啡壶，一手拿着一只马克杯。她倒了一杯咖啡，水流很细。然后将奶粉放在了餐桌上，还有糖。

没有奶油了，她说。

不要紧，他对她说。

你逃了出来？我问他。这么说来警察现在正在找你？我很害怕，但又很兴奋。我就知道迟早我俩会碰上大事情。或许很糟糕，或许很可怕。但有一点是确定无疑的：这件事绝对很不寻常。

要不是这条该死的腿，我本来还可以跑得更远一些，他说。我没法跑。有人已经发现了我，我钻进商店的时候他们已经围住了，就是我碰到你们的那个商店。他们就在停车场把我给跟丢了。

弗兰克一边说，一边往咖啡里加着白糖。舀了三勺。要是能让我在这儿坐一会儿，我对你们就感激不尽了，他说。

这会儿很难出去。落地的时候我受了些伤。

在这一点上他俩倒是达成了共识，对母亲和弗兰克来说离开这个屋子都那么困难。

我不会向你提出什么要求的，他说。我还会帮忙做些事情。这辈子我绝对不曾有意伤害过谁。

你可以在这里待上一阵子，母亲说。只是我不允许亨利出任何意外。

你儿子在我跟前绝对是最安全的，弗兰克对她说。

{ 　第 三 章　 }

————

有时候我真想弄明白问题的症结是
不是在于她太爱我的父亲了。我听
说过类似的事情，一个人深爱着另
一个人，结果对方死了，或者跑了，
这个人就再也没能恢复过来。

母亲是一位出色的舞蹈家。不光如此。单凭跳舞的身姿她就应该去拍电影，要是他们还在拍摄那种歌舞片的话，可是那种片子已经没有人拍了。不过，我们还留了几部这一类的片子，她很熟悉其中的套路。《雨中曲》，那个坠入爱河的男人绕着路灯杆转圈的片断，还有那个女孩穿着雨衣的片断。在波士顿的时候母亲也跳过一次那支舞，当时我们还能时不时地出趟门。她带着我去了自然科学博物馆，出来的时候下起了瓢泼大雨，那里刚好就有这样一根灯杆，她就跳了起来。后来，当她再出现类似的举动时我总是感到很害臊，可是那一次我自豪极了。

就是因为跳舞她碰到了我的父亲。无论对他作何评价，她至少还跟我说过这个男人知道如何在舞场里带着女人挪步，这对她来说意义重大。我不太记得父母在一起的时光了，但是我依然记得他俩跳舞时的情景，就算我年纪那么小，可我已经知道他俩就是最棒的。

有些男人只是把手搭在舞伴的肩头，或者略微抵着一点

舞伴的后背，她说。出色的男人才懂得需要多用点力。好让舞伴有个顶住身体的支点。

对于在舞厅里跳舞时如何支撑舞伴的问题母亲颇为自信。此外，她还认为微波炉会让人致癌、不孕，尽管我们家也有微波炉，可是她要我向她保证当我在父亲家的厨房里时，一旦玛乔丽用微波炉加热，我就要用烹饪书挡住自己的裆部。有一次，她梦见一场诡异的海啸马上就要登陆佛罗里达了，显然这表明我不应该跟着父亲和玛乔丽一起去迪斯尼乐园。奥兰多并不靠近海岸，但这无关紧要。她还断定住在我家隔壁的艾伦·法恩斯沃思已经在帮我父亲收集证据，以备将来同她争夺我的监护权。要不然你怎么解释这件事情：有一天父亲打来电话，要求她带着我去参加少年棒球联盟的选拔赛，接着法恩斯沃思夫人就过来问我要不要搭她的顺风车。还有，她干吗要过来问咱们有没有多余的鸡蛋，还打着自己正在做巧克力豆饼干的幌子？她只不过是想悄悄地打探一下咱俩的情况，母亲说。搜集一些罪证罢了。

我觉得她完全有可能在咱们家装了窃听器，她说。如今话筒可以做得那么小，盐瓶里就能藏下一个。

你好，艾伦，她喊了一声，冲着盐瓶，她的声音听起来就像是在唱歌。

曾经有一段时间我非常佩服她懂得这么多事情，而且一且发现了问题她还知道该如何应对。可我现在再也不这么想了。

至于少年棒球联盟的选拔赛，这个联盟不过就是大人压制孩子创造力的一种组织而已，叫他们遵循那些规则，母亲说。

比如，让大家必须遵守三振出局的规则？我问她。比如，分数最高的队伍才是赢家？

当然，我是在卖弄聪明。我痛恨棒球，但有时我也痛恨母亲看待别人做的事情的那种态度，她总是想方设法寻找各种理由说明这种事情不是我们能做的。以及别人为什么跟我们不是一类人。

不管怎么说，那个女人究竟有什么毛病？她说，当时法恩斯沃思夫人刚刚生完第四个孩子。我一转身的工夫，她就又弄出一个孩子。

这就是我们在饭桌上讨论的话题。她聊着其他人的事情。我就听着。母亲认为吃饭时不应该开着电视。应该聊天。在厨房里，就在我们仅存的那个灯泡的灯光下，吃着速冻食品（在灶头上加热的，绝对不用微波炉）的时候，她会聊起法恩斯沃思的避孕措施有可能有问题——或许是子宫帽？——或者给我讲她自己的经历，不过只是以前的生活。就在这样的时候我知道了一切：当她放下盘子，给自己倒上一杯葡萄酒之后。

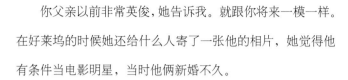

　　你父亲以前非常英俊，她告诉我。就跟你将来一模一样。在好莱坞的时候她还给什么人寄了一张他的相片，她觉得他有条件当电影明星，当时他俩新婚不久。

　　他们没有回信，她说。她好像对此感到十分惊讶。

　　父亲就来自这个镇子。她是在一个女孩的婚礼上碰到他的，新娘子是她在马萨诸塞北岸地区上学时的校友。

　　我都不清楚谢丽尔怎么会邀请我，她说。我俩没有多亲密。不过，只要我知道哪儿有舞会，那我一准会出现。

　　父亲跟其他人一起来参加婚礼。母亲是独自一人，不过她就喜欢这样。她说，这样的话你就不需要整晚跟什么人黏在一起，倘若对方不会跳舞的话。

　　父亲会。那天晚上即将曲终人散的时候在舞池里人们为他俩腾出了一块地方。他带着她跳着她从未跳过的舞步，比如环游世界空轻抛，她很高兴自己那天穿上了大红色的内裤。

　　他亲嘴的功夫可真不赖。相识后的第一个周末他俩一直赖在床上，接下来那一周的头三天也是如此。我没有必要倾听母亲讲述的一切细节，可是她根本就停不下来。第二杯酒下肚后她就不再冲着我说话了，只是自言自语地说个不停。

　　要是能一直跳下去就好了，她说。要是从未停下舞步，一切原本该多美妙啊。

　　她辞掉了在旅游公司的职务，搬到他那里。当时他还没有开始卖保险。他开着小货车，在展销会上卖热狗，还有爆米花。她跟着他四处流浪，要是去了北部或者海边的话，晚上他俩有时候甚至都不回家。车座底下始终放着一个睡袋。一个就够用了。

当然，只有夏天的时候才能做这种生意，她说。到了冬天他俩就辗转南下，去了佛罗里达。她在劳德代尔堡①的一个酒吧里卖过一阵子玛格丽塔酒，他在海边卖热狗。夜晚，他俩就不停地跳着舞。

母亲讲这些事情的时候我就争取放慢吃饭的速度。我知道一旦吃完饭她就又想起现实了，然后就会离开餐桌。讲起过去那段时光，在佛罗里达的时光，热狗车，他俩曾计划将来一路开到加利福尼亚，试着在综艺节目上找个舞蹈的活，她的脸上就会浮现一种神情。那种神情就像在广播上听到一首年轻时常常播放的歌曲，或者看到在街头溜达的一只狗而想起小时候自己养过的小狗，有可能是波士顿梗犬，或者是苏格兰牧羊犬。有那么一会儿她看起来就像是我的祖母，就是在听到红斯克尔顿②去世的消息时，也像是她自己，在父亲把车停在我家门外，怀里抱着一个小孩，还说那个小孩是我的妹妹时。在此之前他已经离开我们有一年多的时间了，可是当她看到那个小孩的那一刻一切才跌到了谷底。

我都忘了婴儿有多小了，她说，在他走后。她的脸上带着一种伤心，或许可以说是"崩溃"。接着她就痊愈了。还

① 劳德代尔堡，位于美国佛罗里达州布劳沃德县的城市，也是该县的县府所在地，以及南佛罗里达都会区的一部分。因为有着绵密的运河系统，劳德代尔堡有"美国威尼斯"的昵称。
② 理查德·伯纳德·斯克尔顿（1913年7月—1997年9月），美国著名的广播及电视喜剧明星，主持过长盛不衰的电视节目《红斯克尔顿》。

是你更可爱，她说。

在她还能带我出门的日子里开车走在路上的时候她也会给我讲这些事情，可是自从开始窝在家里闭门不出之后她就只在吃饭的时候才会跟我讲这些事情，就算讲的是伤心事，我也希望她一直讲下去。我很清楚一旦放下手里的叉子，故事就结束了，哪怕故事本身还没有结束——这些故事本身就没有结局——然后她的神情又变得跟平时一样了。

咱们最好还是把盘子收拾掉吧，她说。你还有家庭作业要做。

后来我的父母又迁回北部定居，卖掉了热狗车，这就是故事的结局。电视台不再制作我们从小到大看的那种节目了，她说。跳舞的节目。他俩周游了全国，一直没有注意到《桑尼和雪儿》[①]和《格伦·坎贝尔开心时光》[②]已经停播了。不过，实际上也是因为她最想做的事情并不是当个电视舞蹈演员。她想要个孩子。

结果你就来了，她说。我的梦想成真了。

父亲找到了卖保险的工作。他擅长于推销伤残保险，对于伤害赔偿额度谁都没有他算得快：丢了一条胳膊，或者一条胳膊再加一条腿，或者两条腿，要是四肢全都没了那你可就发大财了，如果受伤的人够聪明，提前从他这里买了保险的话，那他们就会成为百万富翁，开始新生活了。

打那以后母亲就一直跟我待在家里。他们住在奶奶家，

①《桑尼和雪儿》，美国有史以来最著名的电视歌舞综艺节目之一，两位主持人桑尼和雪儿为夫妻，后来主办了其他衍生节目。
②《格伦·坎贝尔开心时光》，美国一档电视音乐喜剧综艺节目。

奶奶去世后房子就归他俩了，他俩离婚之后我跟母亲搬到了别处。父亲现在跟玛乔丽、理查德和克洛伊住在我们原来的房子里。他用这个房子在另一个银行又贷了一笔款，赎回了我母亲持有的部分产权，就是用这笔钱她买下了我俩现在住的房子。这个房子没有以前的房子大，院子里也没有可以让我挂秋千的树，可是对我们现在这个只有两口人的家庭来说足够用了。

这种事情可不是她在吃饭的时候讲给我的。这都是我自己拼凑出来的事实，都是星期六的晚上跟父亲在一起的时候，还有他和玛乔丽带着我去餐馆吃饭的时候听说的，有时候他还会说要是你母亲没有逼我给她买房子的钱就如何如何之类的话，有时候玛乔丽会紧紧地抿着嘴，问我母亲有没有找一份正常的工作。

母亲不出门的问题已经持续很长一段时间了，我都不记得是从什么时候开始的。不过，我知道她是怎么想的：去外面的世界是个糟糕的主意。

因为那些婴儿，她说。哭哭啼啼的婴儿无处不在，那些母亲就只给孩子的嘴里塞上一个安慰奶嘴。她还常常提到天气和交通的问题，还有核电站，以及高压电线释放的电波有多么危险，不过说的最多的还是那些婴儿，还有婴儿的母亲。

她们从不关心孩子，她说。好像把孩子生下来就算是多大的成就似的，一旦生下孩子，唯一需要做的家务就是给他们灌满汽水，让他们成天到晚地看录像（那时候录像机刚刚开始普及）。还有人会跟孩子聊天么？她说。

嗯，她倒是会和我聊天，而且我觉得聊得太多了。现在，她基本上就待在家里，她说自己唯一想看到的人就只剩下我了。

偶尔我俩还是会开车出趟门，不过她哪里也不去，只待在车里，她把钱给我，让我去办事。要不她就说既然西尔斯商场提供送货上门的服务，干吗还要费劲地开车去商场呢。只要一去商场她就要囤积一些类似金宝汤罐头和安迪船长冻鱼肉饭之类的东西，还有花生酱和速冻华夫饼，没过多久我家就变成了一座防空洞。之前西尔斯商场也把冰柜给送来了，冰柜里就塞满了速冻食品。就算飓风来袭我们也能挺上好几个星期，家里储备的食物太多了。反正，对我来说奶粉是更好的选择，她说。低脂。她的父母都饱受高胆固醇症状的折磨，年纪轻轻的就过世了。咱们可得把这件事情放在心上。

后来她就开始靠邮购过日子了，那时还没有互联网。就连我俩的内裤和袜子都要邮购。她还说现在城里太堵车，人们甚至都不应该再开车了，尤其是想到汽车造成的污染问题。我想过我俩应该买一辆小摩托，我在电视上见到过剧中人物骑着这种摩托，我想这一定非常有趣，我俩骑着车，呜哩哇啦地穿行在城里，去一个又一个地方办事。

到底有多少事情真的需要处理？她说。一想到这个问题，去各个地方办事就成了浪费时间，你原本可以用这些时间待在家里。

在我还很小的时候我常常试图劝她出门走走。咱们去打保龄球吧，我说。迷你高尔夫。自然科学博物馆。我努力琢磨着她或许会感兴趣的事情——高中圣诞工艺品展览，雄狮俱乐部上演的《俄克拉荷马！》

他们会在台上跳舞，我说。真是大错特错，真不该提起这个事情。

那也算是跳舞，她说。

有时候我真想弄明白问题的症结是不是在于她太爱我的父亲了。我听说过类似的事情，一个人深爱着另一个人，结果对方死了，或者跑了，这个人就再也没能恢复过来。所谓心碎了就是这么回事。有一次，我俩正吃着我们的速冻食品，她也刚刚给自己满上了第三杯酒，我打算问问她是不是这么一回事情。我想知道能让一个人对另一个人恨到如此地步，就像她现在对我父亲的仇恨，是不是因为曾经同样如此强烈地深爱过对方。这些东西似乎应该是自然科学课的内容，比如物理课，不过直到这时我们还没学到过这些内容。就像跷跷板，一头被抬得有多高取决于另一头压得有多低。

我得出的结论是，让她伤透了心的并非是失去了我的父亲，如果她的确心碎过的话，看起来的确如此。令她心碎的是失去了爱——是梦，靠着卖热狗和爆米花周游全国，跳着舞周游全国，还穿着闪闪发亮的裙子和红色的内裤。有一个人觉得你是那么的美丽，她曾告诉我我的父亲以前常常对她说这句话，每天都说。

后来就没有人说这种话了，你就成了能长草的陶瓷刺猬，把你买回家的那个人却忘了给你浇水。你成了没有人记得要给你喂食的仓鼠。

这就是我的母亲。我可以试着为这种疏忽做一些补偿，我也的确努力过，在她的床上放一张写着"献给天下最棒的妈妈"的字条，同时还放着我自己找到的石头或者一枝花，或者从我那些每日一笑之类的书籍中摘抄的笑话，有时候我还会为她编写几首滑稽的歌曲，或者清理装银器的抽屉，在所有的架子上都铺上一层衬纸，到了她的生日或者圣诞节的时候我还会给她一册册钉在一起的优惠券，每一页上都写着"将垃圾送到屋外可兑换现金"或"吸尘器专家"之类的字样。小时候我还做过一张写着"一日丈夫"的优惠券，我向她承诺不管什么时候，只要她决定使用这张优惠券，那家里就又会出现一个丈夫，她想做什么都行，我来负责安排一切。

那时候我还太小，还不明白"一日丈夫"的职责中有一部分超乎了我的能力范围，不过我想通过其他渠道我还是意识到了自己的严重缺陷，认识到了这一点我的心头就沉沉地压上了一块大石头，我在自己的小卧室里，躺在窄窄的床上，隔壁就是她的卧室，我俩之间的墙壁薄得就好像她跟我之间没有什么阻隔。我早就能够感觉到她的孤独和渴望，甚至在我还不知道这些情绪是什么的时候我就感觉到了。这应该从来都跟我的父亲无关。看着他现在的模样，你很难想象得出他曾经还有过配得上她的岁月。她爱的只是爱本身。

　　离婚一两年后，在父子见面的一个星期六晚上，父亲问我是否觉得我的母亲疯了。当时我大概只有七八岁，这倒不是说长大之后这种情况对我而言就不算什么问题了。我已经足够成熟，知道大多数人的母亲都不会自己坐在车里，让儿子拿着钱去杂货店里替她们跑腿，也不会让儿子独自拿着五百块钱的支票进银行找出纳员——当时还没有自动提款机。这笔现金够用了，她说，接下来应该有一阵子我们不用再出来了。

　　我去过别人家，所以我知道别人的母亲是怎么当母亲的，她们是怎样去上班，怎样开车带着孩子去各个地方，怎样坐在看台上观看球赛，去美发店，去商场，参加返校夜家长会。她们都有朋友，而不只有一个悲伤的女人做朋友，而且这个女人还有一个智力低下，整日坐在超大号婴儿车里的儿子。

她非常害羞，我对父亲说。她忙着学习音乐。那一年母亲迷上了大提琴。她看了一部纪录片，影片讲述的是一位著名的大提琴家，可能是全世界最伟大的一位，他得了病，开始遗漏一些音符，弓弦也拿不稳了，很快她就无法再继续演奏了，同样也是著名音乐家的丈夫为了另一个女人抛弃了她。

一天晚上，就在我俩刚刚吃完安迪船长速冻鱼肉饭的时候母亲给我讲起了这个故事。那个丈夫跟大提琴家的姐姐睡在了一起，母亲告诉我。过了一段时间，大提琴家失去了行走的能力，她只能整日卧床不起，就在那个房子里她的丈夫跟她的姐姐睡在一起。

就在隔壁做爱。亨利，你怎么想？母亲说。

很糟糕，我说。这倒不是说她真的期待着我的回答。

她告诉我自己学习大提琴是为了向杰奎琳·杜·普蕾[1]致敬。她没有找老师，不过倒是从几个镇子之外的一家乐器行里租来了一把琴。琴有点小，是儿童专用的，对初学者来说倒是够用了。上道之后她就可以换一把更好的琴了。

我妈妈不错，我对父亲说。她只是偶尔有些难过，当有人死了的时候。比如杰奎琳·杜·普蕾。

你可以搬来跟我和玛乔丽一起住，他说。还有理查德和克洛伊。要是你需要的话，我们可以把她告上法庭。他们会对她进行评估。

妈妈很好，我说。她邀请朋友伊夫琳明天来我家。伊夫

---

[1] 杰奎琳·杜·普蕾（1945年1月—1987年10月），英国备受赞誉的天才大提琴家，患有多发性硬化症，于28岁停止演出。在她逝世后，她的姐姐与人根据她在世最后几年的经历合著了《家里的天才》一书，后又被改编为电影《她比烟花寂寞》（又译为《希拉里和杰姬》）。

琳的儿子巴里会跟我玩的。

（哈拉哈拉咕咕，我心想。卟吡卟吡嘟嘟，巴里说。）

告诉父亲这些事情的时候我始终直视着他的脸。要是他还要继续说下去的话，我就会告诉他更多的事情，告诉他巴里是谁，伊夫琳来串门的时候母亲和她都做些什么，她俩还打算一起在乡下搞一片农场，在家里教育孩子，自己种菜吃。坚持纯天然膳食，激活巴里目前还不太灵光的脑细胞。还要用太阳能的电灯。或者风力电灯，或者巴里的母亲在电视上的《晚间杂志》栏目中看到的那种机子，那种机子可以储存电能，维持冰箱的运转，你需要做的就只是每天清晨在自行车一样的神奇装置上踩上一个钟头。这样就可以把电费省下来，同时还能减肥。我的母亲倒不需要减肥，需要减肥的是伊夫琳。

听完我对母亲忙碌而快乐的日常活动的报告后，父亲看起来有种如释重负的感觉，我就知道他会这样。我知道其实他并不希望我搬去跟他和玛乔丽住在一起。我也不乐意搬过去跟他，还有那个把自己的两个孩子（还有我，当我跟他们在一起的时候）叫做短腿猫的女人住在一起。或者是小羊羔，这是她最中意的称呼。

尽管我才是他的亲生儿子，而理查德跟他没有血缘关系，可理查德跟他更相仿。在少年棒球联盟里轮到自己击球时理查德总是能够成功上垒。我坐在板凳上，到最后就连父亲都认定棒球或许的确不适合我。有一点是可以肯定的：在我退出球队后霍尔顿米尔斯小虎队全队没有一个人会怀念我。

我这么问是因为我感觉她有些抑郁，父亲说。我可不希望给你留下什么创伤。我希望有人在你身边，很好地照顾你。

我妈妈照顾我照顾得非常好，我说。我俩一直玩得很开心。别人会来家里做客。我们有不少兴趣爱好。

现在我俩就在学习西班牙语，我对他说。

{ 第 四 章 }

———

接着他蹲了下去，把她的两只脚也
捆住了。母亲穿着自己最中意的鞋，
那双鞋很像芭蕾舞鞋。他轻轻地给
她脱了鞋，先脱了一只，然后再脱
掉另一只，他的手轻轻地托着她的
脚掌。

当然，他们正在满城地搜寻他。弗兰克。我家的电视只有一个频道，不过在日常的六点档新闻节目还没开始的时候他们就插播了有关此事的通告。按照他们的猜测，考虑到他身上的伤，而且警察已经在他逃跑后一个小时内就封锁了道路，我们这个镇子实际上只有一条公路通往外界，所以他应该没有跑多远。

　　他的脸也出现在了电视上。看着电视里的人就坐在自己的客厅里，感觉挺滑稽。如果叫雷切尔的那个姑娘来我家，当然她从未来过我家，电视上刚好在重播《盖里甘的岛》，而这时母亲给我们端来了饼干，当然这种事情也不会发生，这时雷切尔就会产生跟我此刻一样的感觉了，而且她还坚持认为我母亲就是那个女演员。

　　《瑞普·凡·温克》演出结束后父亲和玛乔丽带我去吃冰淇淋，玛乔丽说："我们中间出了个名人。"现在这句话成真了。

　　这会儿他们正在采访公路巡警的长官，他说有人曾在购物中心看见过逃犯。他们管弗兰克叫危险分子，说他可能携带有武器，不过我俩都知道事实并不是这样的。我已经问过他是否带着枪了。他说自己没有枪，我还挺失望的。

如果看到此人，请立即联系有关当局，播音员说。接着屏幕上就闪出了一个电话号码。母亲没有把号码抄下来。

显然，他是前天做的阑尾手术。他们还说了一堆他是如何将负责照看他的护士绑了起来、跳窗逃走之类的事情，不过这些事情我们都已经知道了，而且我们还清楚在跳出窗户之前他就放跑了护士。这会儿她的脸也出现在了屏幕上，她说他对她一直非常体贴，总是替她着想。是个好病人，尽管他就这样将她捆绑了起来肯定让她吓了一大跳。这件事情大概让他在我母亲的心中变得更加可靠了，她知道了他没有对我们捏造事实。

新闻里还说了他被关进监狱的原因。谋杀。

在此之前弗兰克压根没有跟我提起过这件事情。我们就那么一起盯着电视，就好像电视上播放的是《夜间杂志》或者这个时间档的节目似的。当他杀人的事被提起时你可以看到他的下颌肌肉在抽搐。

他们绝对不会说明其中的原委，他说。事情不像他们说的这个样子。

这时候电视里又恢复了正常的节目。又成了《幸福生活》了。

阿黛尔，我得问一下你，能否让我跟你们住上一阵子，弗兰克说。他们会在公路上进行搜索，在火车和汽车上。但是没有人会想到我还会继续待在这里。

接下来的事情不是母亲提起的。是我。我并不想提起这个话题，因为我喜欢他，我不想惹他生气，可是似乎必须有人提出这个问题。

窝藏罪犯是不是也算犯法？我问他。这是我从电视上学来的。我很难过，我居然说出了这个词。尽管这时我们对弗兰克几乎一无所知，可是把这样一个给我买了智力游戏书，还把家里各处的灯泡也换上的人称为罪犯似乎有些恶毒。他对母亲给厨房选择的涂料颜色大加赞扬了一番，说这种色调的黄色让自由生活在祖母的农场里的他想起了农场里盛开的金凤花。他之前还跟我们说他要给我们做一道我们绝对没有吃过的香辣面。

阿黛尔，你养了一个聪明的儿子，弗兰克对我的母亲说。想到还有他在关照你就让人放心了。这就是男孩们应该为母亲做的事情。

不会有事的，除非别人发现弗兰克就在这里，母亲说。只要没有人知道他来了咱们家，咱们就不会受到伤害。

我清楚这一点。母亲一点也不担心法律问题。她也不去教堂，不过她还是说上帝会照顾我们的。

的确如此，弗兰克说。可是我还是不能允许自己连累你和你们全家。

我们全家。弗兰克把我俩叫做"全家"。

所以我得把你绑起来，他说。只是你，阿黛尔，亨利清楚他可不想看到自己的母亲出什么意外。所以他不报警，也不会给其他人打电话。亨利，我这么说没有什么错，对吧？

听完这些话坐在沙发上的母亲连身子都没有挪一下。一时间谁都不吭声了。我们听得到乔在笼子里扒拉转筒时轮轴的刮擦声，他的小指甲咔哒咔哒地撞击着金属横杆，我们的"一分钟美食"也正在炉子上嘶嘶作响。

阿黛尔，我得请你带我去你的卧室，他说。我在想，像你这样的女人应该都有几条围巾。最好是丝巾。绳子或麻线会勒到你的皮肤。

门距离我只有四英尺，而且之前我们大包小包地把采购来的东西抱进屋的时候没有把门关严实。街对面是杰维斯家，我骑着自行车出门的时候杰维斯夫人有时会冲我嚷嚷几声，说一说天气如何如何。她家过去就是法恩斯沃思，还有爱德华兹家，爱德华兹两口子有一次来我家问我母亲是否打算尽快把院子里的树叶耙干净，我家的树叶已经被风吹到了邻居家的草坪上。一到十二月，爱德华兹先生还会挂起很多灯，很多人都从其他镇子开车赶来参观他家的灯展，这就意味着每年这个时候就总是有不少人从我家门前经过。

人们把钱全都花在这些灯上了，母亲说。他们就没有听说过我们还有星星可看么?

这会儿我就可以冲出门,跑去他们几家。我可以抓起电话,随便拨个号码。警察。我父亲。不能打给我父亲,他会抓住把柄,证明他一向说得没错,我母亲的确是发了疯。

可是我不想这么干。没准弗兰克带着武器,或许没有。显然他的确杀过人。不过他看起来不像是会伤害我母亲和我的那种人。

我仔细打量着母亲的脸。有一会儿她看起来非常踏实。她的面颊上有一抹罕见的红晕,眼睛死死地盯着他的双眼。那双眼睛蓝盈盈的。

我的确有不少丝巾,母亲说。都是我母亲留下的。

只是做做样子,弗兰克说,他的声音非常平静。我想你明白我的意思。

我站起身,走到门口。关上了门,这样就没有人能看到屋里的情形了。我在客厅里盘腿坐着,看着他俩上了楼梯,去了她的卧室,母亲走在前面,弗兰克跟在她的身后。他俩缓缓地爬着楼梯,比平时慢了很多,仿佛每走一步都要经过慎重的考虑。仿佛楼上不止有几条旧围巾。仿佛他俩都不清楚楼上究竟有什么东西,便不慌不忙地琢磨着。

过了一会儿他俩又下楼了。他问她觉得哪一把椅子最舒服。只要不靠近窗户就行。

他时不时地皱一下眉头，看来伤口还在疼痛，更不用说阑尾手术留下的伤口了。不过一旦迫不得已，他还是有能力做很多事情。

他先是掸了掸椅子。又摸了一遍木板和木条，好像是在检查上面是否有木刺似的。然后把两只手搭在了母亲的肩头，一点也不粗暴，但是很用力地摁着母亲坐了下去。他在她身旁站了一小会儿，好像是在琢磨着什么。她仰头看着他，好像也在琢磨着什么。就算她很恐惧，外人也看不出来。

接着他蹲了下去，把她的两只脚也捆住了。母亲穿着自己最中意的鞋，那双鞋很像芭蕾舞鞋。他轻轻地给她脱了鞋，先脱了一只，然后再脱掉另一只，他的手轻轻地托着她的脚掌。他的手大得出奇，不过也有可能是因为她的脚太小了。

阿黛尔，我希望你别介意我这么说，他说。你的脚趾太美了。

很多跳舞的人都毁了自己的两只脚，母亲说。我是个幸运儿。

他从桌子上的一堆围巾里挑了一条，粉红色的，上面还有玫瑰花，还挑了一条带着几何图案的。我记得他把这一条裹在了自己的脸上，不过或许这只是我想象出来的情景。我知道时间似乎停滞了，至少是慢得让我记不清究竟过了多久他才把第一条围巾缠在了她的脚踝上，开始打结。他把椅子连在了桌子下面的金属支架上，就是家里来了客人，你得为其他人找块地方用餐的时候支撑桌面伸缩部分的金属条。这倒不是说我俩有这种需要。

在摆弄围巾的时候弗兰克似乎忘记了我就在旁边，他在我母亲的两只脚踝上各绑了一条围巾，把她的脚踝捆在了椅子腿上，还用围巾把她的手腕固定在了她的大腿上，看起来她就像是坐在那里，正在做祷告一样。至少像是坐在教堂里时的样子。这倒不是说我俩去过教堂。

完事后他似乎又想起了我。孩子，我不希望这些事情让你感到不安，他说。在这种情形下只能这么办了。

还有一件事，他对我的母亲说。我不希望我的话会让你感到难为情。可是我还是得说一下，要是你需要去卫生间的话，或者其他需要背过人解决的问题，你就尽管吭声。

我就坐在你旁边，跟你在一起，他说。看着你。

刹那间他脸上又浮现了那种神情，看得出来他的伤口又犯起了痛。

她问他腿伤现在怎么样了。母亲不太相信药物，不过她总是用酒精擦拭水槽底部。我可不想你被感染，她说。或许他俩能凑合着为他的脚踝做一副夹板。

咱们要让你恢复到以前的样子，她说。

要是我不想恢复到从前的样子呢？他说。要是我想变成另外一副样子呢？

吃饭的时候他给她一口一口地喂着吃。我的两只手没有被绑起来，她的被绑了起来，他把盘子摆在自己面前的桌子上，叉子能够得到盘子。至于他说过要给我俩做的香辣菜，他说得没错。我从来没有吃过这么好吃的菜。

看着他把饭送到她的嘴边，看着她一口一口地吃着，那种感觉跟看着母亲的朋友伊夫琳以前带着儿子巴里来我家给儿子喂饭时的感觉截然不同。玛乔丽则是一边打着电话，要不就冲理查德嚷嚷着，一边一勺一勺地把桃子喂进所谓的我妹妹的嘴里，她根本没有看到至少一半的饭都掉在了克洛伊的胸前。一个人就这样坐着，靠着别人给她喂饭，这副样子或许有些丢人。要是舀得太多，你也只能全吃下去；要是舀得太少，你就只能张着嘴干等着，像个叫花子。你可能会觉得这种事情只会让人感到愤怒，或者绝望，在这种情况下自己只能往对方送过来的饭菜里啐上一口。然后就忍饥挨饿地扛下去。

可是，弗兰克给我母亲喂饭的样子有些不一样，让人觉得这一切甚至显得有些美好，就仿佛他是一个钟表匠，或者科学家，或者那种成天到晚摆弄盆景的日本老人。

每一勺他都舀得刚刚合适，确保她不会被呛着，食物也不会从嘴角淌到下巴上。看得出来他知道她很在意自己的形象，哪怕被绑在自家厨房里，身边只有儿子和一名越狱犯的时候也不例外。或许儿子怎么看她并不重要，另一个人的看法才至关重要。

把勺子递到她的嘴边时他先吹了吹，以免烫到她的舌头。他也记得喂上几勺之后她就需要喝点水。或者是水，或者是酒，不一定。无须她多说什么，他轮换着给她喂着白开水和葡萄酒。

跟我吃饭的时候她总是不停地说着话，给我讲她的那些事情，而这一天在吃晚饭的时候我们几个人几乎都默不作声。就好像是他们都不需要说话似的。我说的是他们俩。他俩都死死地盯着对方。不过还是出现了一些情况：她朝他缩起脖颈，就像是巢中的小鸟那样；他的上半身向前凑过去，就像是坐在油画画布前的画家那样。偶尔画上一笔。更多的时候只是仔细打量着自己的作品。

吃到一半的时候一滴番茄酱滴在了母亲的面颊上。她原本可以自己舔掉，不过她大概意识到眼下根本无须自己做什么。他用餐巾在水杯里蘸了一点水，然后轻轻地蹭了蹭她的肌肤。接着他又用手指轻轻地蹭了蹭她的肌肤，只蹭了一下，把留在她脸上的水擦干了。她微微地点了点头。几乎让人注意不到的点头，不过她的头发擦到了他的手，他拈起那一缕头发，把它拢到了她的脑袋后面。

他自己没有吃。我早就饿了，可是这会儿坐在这里，跟他们俩坐在一起，如果大口嚼着饭菜或者狼吞虎咽的话似乎显得有些粗鲁，就好像是在小宝宝的洗礼仪式上你却在大嚼特嚼着爆米花，或者是朋友跟你说他的狗死了的时候你却忙着舔蛋筒冰淇淋。我觉得实际上自己就不该坐在这里。

我想去客厅吃饭，我说。看会儿电视。

当然，电话也在那里。我可以拿起电话，拨个号。门、邻居、插着钥匙的车——一切都没变。我打开《三人行》，吃着香辣面。

几个节目过后我感到腻味了，便回头看了看厨房那边。盘子已经收拾掉了，而且都被洗干净了。他还泡了茶，不过他俩都没有喝。我听到他俩在窃窃私语，可是听不清他俩在说什么。

我喊了一声，说我要去睡觉了。通常这个时候母亲总要说一句"做个好梦"，可是这一次她没有工夫搭理我。

{ 第 五 章 }

———

对来自同类抚摸的渴望，她说。然后沉沉地叹了一口气。如果之前的确不太确定的话，那么这会儿一切也都清楚了。她了解这种渴望。

　　母亲没有固定工作，不过她在通过电话推销维生素片。
每过上几个星期雇佣她的公司——美加美——就会给她发来
一堆打印资料，上面印着住我们这一带的潜在客户的电话，
让她给这些人打电话，向他们介绍产品。每卖出一盒，公司
就给她一笔劳务费。我们自己要是购买药品的话还可以拿到
折扣价，顺带的一点福利。她让我每天必须吃两次美加美。
她说通过我的眼球她就知道这药有效。有些人的眼角膜发灰，
而我的则跟鸡蛋一样洁白，而且她还注意到我没有长过粉刺，
很多人在我这个年纪时都饱受粉刺的折磨（这倒不是说她见
过很多跟我同龄的孩子）。

　　你现在还太小，还不懂得珍惜这一切，她说，等到以后
你就知道应该感激了，都是因为现在吃的这些矿物质你才能
那么阳刚，性生活才能那么健康。这都是别人研究过的。这
都是必须注意到的事情，尤其是现在，你刚刚进入青春期的
时候。

　　这些都是母亲应该对潜在客户名单上的那些人说的话，

可是听到这些话的基本上只有我一个人。

对美加美来说母亲是个糟糕的销售员。她十分厌烦给陌生人打电话，就是因为一点点事情她就要躲避所有的事情。新的印刷品堆在我家的餐桌上，压在下面的是以前送来的印刷品，上面零星几处打着对钩，还有一些笔记——**电话占线。请在方便的时候致电。真希望她连一分钱的东西都不买。**

有一次我听到她在电话上说，玛丽，我看得出来你应该吃吃这种维生素片。这样的夜晚太罕见了，她坐在电话跟前，为了做笔记还拿着一支笔，旁边摆着公司给她的客户通讯录。我走进厨房，去盛一碗麦片和奶粉，心想到目前为止一切进展顺利。这真是个好消息，尤其是对我而言，她曾经答应过我如果能再给三十个人推销出去美加美的话，她就从经典图书俱乐部给我买一套我一直念念不忘的盒装《福尔摩斯全集》，前一年为了得到免费的世界地图集和皮封面、彩色插图的《纳尼亚传奇》我加入了这个俱乐部。

所以，玛丽，我打算这么办。她还在继续说着。不管怎么样我都要把维生素片给你送过去。我自己可以拿到公司的优惠价。日后，等确定有疗效的时候你再把支票给我寄过来就行了。

都是些从未见过面的人，你怎么知道人家过得还不如咱俩呢？我问她。

因为我还有你，她说。玛丽可没有。

一天晚上她对我说对于性的问题我猜你父亲什么都没有跟你讲过，当时我俩正在吃安迪船长。我一直担心会出现这一刻，如果我说讲过，他一五一十全跟我讲过了，或许我就能逃过这一劫，可是跟她撒谎是不可能的。

没有讲过，我说。

对于很快你就要经历的这个阶段而言大多数人都只会强调生理上出现的变化。没准你已经有了变化。我不会问你这些问题的，我不想侵犯你的隐私。在生理健康讨论会上他们都解释清楚了，我对她说。我想的就是绝不能让她得逞。越快结束越好。

亨利，他们绝对不会跟你提到爱情，她说。他们会提到全身各个部分，唯独不会提起你的心。

没关系，我说。我太想结束这个话题了。可是她还在继续说着。

还有一个问题生理卫生老师也不太可能跟你进行深入的探讨。他会将其称为荷尔蒙的问题。他肯定是这么说的。

我严阵以待，准备着接下来听到一连串恐怖的词汇。**射精。精液。勃起。阴毛。梦遗。手淫。**

欲望，她说。人们从来不说自己的渴望。他们装得好像做爱只是分泌活动和人体的一种功能，还有繁衍后代。他们始终忘了提到感觉。

　　闭嘴，闭嘴，我真希望自己能说出这句话。我真想一把捂住她的嘴。我想从椅子上跳起来，冲到夜色中去。割割草坪，耙耙落叶，铲铲雪花，任何地方都行，只要别待在这里。

　　人会产生另外一种饥饿感，她一边说，一边清理着盘子——跟往常一样她的饭几乎一口未动，然后给自己倒上了一杯酒。

　　对来自同类抚摸的渴望，她说。然后沉沉地叹了一口气。如果之前的确不太确定的话，那么这会儿一切也都清楚了。她了解这种渴望。

Chapter Six

{　　第 六 章　　}

———

很久没有见到母亲像这天早上走进
厨房时的这副模样了。她的头发总
是用橡皮筋扎在脑后，今天却散落
在肩头，看起来比平时蓬松，就好
像之前她睡在了一团云朵上。

有时候一觉醒来，一时间你会忘了前一天的事情，这种事情时有发生。你的大脑需要花上几秒钟的时间重新启动一次，然后你才会记起头一天晚上睡梦中忘记的那些事情，回忆起发生过的一切——有些事情还不错，不过大多数情况下都不会是什么好事儿。我还记得父亲离开我们时我有着怎样的感觉，第二天刚一睁开眼睛，朝窗外望了一眼，虽然记不清前一天发生了什么事情，可是我就是有种大事不妙的感觉。然后记忆就恢复了。

　　有一次乔从笼子里跑了出去，整整三天哪儿都找不到它，我们只能在家里各个角落洒满饲料，指望着它自己冒出来，最终它现身了——那一次我也暂时失去了记忆。还有一次是外祖母去世时，倒不是因为我跟她有多亲，只是因为母亲很爱她，而现在她成了孤儿，这就意味着在这个世界上她更加孤单了，这也就意味着我更加需要陪着她，跟她一起吃饭，打牌，听她的那些事情，听更多的事情。

　　从普莱斯玛把弗兰克带回家之后的这一天，就是劳动节周末前的星期五，早上一醒来我也忘记了他在我家里。我只知道家里跟以前不一样了。

咖啡的香味提醒了我。这可不是母亲的风格。她从来不会起这么早。广播里传来了音乐声。古典乐。

烤箱里正烤着什么。后来我才知道是饼干。

片刻工夫之后我才明白了是怎么一回事。以前我也会清醒过来，想起一些事情，可是这次不同，我没有产生不祥的感觉。这会儿我记起丝巾的事情了，电视上的那个女人还提到"杀人犯"这个词。尽管如此，想起弗兰克的时候我并没有感到恐惧。实际上更像是在期待什么，还有些兴奋。就好像之前有一本书读到一半的时候我累得读不动了，不得不放下它，或者让录像暂停。现在我想要继续读下去，想看看故事中的人物后来出了什么事情，只不过这一次我们自己成了主人公。

下楼的时候我意识到有可能母亲像头天晚上我上楼前一样待在那里，被绑在椅子上，用她自己的丝巾。可是，椅子上空无一人。守在炉灶跟前的是弗兰克。显然他给自己的脚踝做了一副夹板，虽然还是一瘸一拐的，不过已经能四处走动了。

我应该出去给咱们买些鸡蛋，他说，可是眼下进7–11可能不是明智之举。他冲着报纸那边扬了扬脑袋，应该是他从我家门前拿回来的，有时候日出之前报纸就被送来了。报纸上，就在预测这个周末高温来袭的头条新闻旁边印着一张熟悉却又难以辨认的脸部特写照片——弗兰克的脸。只是照片中的那个人带着一种冷酷、不怀好意的神情，胸前还贴着一串数字，而在我家厨房里的这个人则在腰里别着抹布，手上戴着隔热手套。

鸡蛋和这种饼干是绝配，他说。

我们不太怎么买容易变质的食品，我告诉他。平日里我们吃的基本上都是罐头和速冻食品。

后院足够养些鸡了，他说。三四只可爱的罗德岛红鸡仔，每天早上可以煎一盘自家产的鸡蛋。商场纸箱里装的那些鸡蛋跟刚下出来的蛋可完全不能比。金灿灿的蛋黄。摆在盘子里就像是拉斯维加斯歌舞女郎的乳房一样。那些小笨蛋还是不错的伙伴，那些小鸡。

他说他自幼长在农场里。他可以帮我们打理好一切。告诉我其中的诀窍。趁他说话的时候我瞟了一眼报纸，不过我想如果对弗兰克越狱，以及警方正在搜捕他的报道流露出太多热情的话，就会伤了他的面子。

我妈妈呢？我问他。一时间我隐隐生出一丝担忧。弗兰克不像会对我们行凶的人，可是我的脑海中突然浮现出母亲在地下室里被锁在燃油炉子上，没准轻轻缠在手腕上的丝巾这会儿已经挪到了她的嘴巴上。在我家汽车的后备厢里。在河里。

她得睡一会儿，他说。我俩熬到很晚，一直在聊天。不过，要是你能把这个给她送过去就好了。她喜欢在被窝里喝咖啡么？

我怎么知道？我从没琢磨过这种事情。

或者咱们还是让她继续睡一会儿，他说。

他把饼干从烤箱里拿了出来，摆在盘子里，还在上面盖了一张餐巾纸保温。亨利，告诉你一个小窍门。绝对不要用刀切开饼干。要掰开，这样才能体会到它的质感。感受那种起伏跌宕的感觉。想象一下刚刚翻过土的花园，土地有些不平整。这样才有更多的地方让黄油渗进去。

家里不怎么买黄油，我说。我们用的都是人造黄油。

在我看来这就是犯罪，弗兰克说。

他给自己倒了一杯咖啡。报纸仍旧摊在那里，不过我俩谁都没碰一下。

要是你好奇的话我是不会生气的，他对我说。任何一个敏感的人都会这样。但我想告诉你的是实际情况比你在那份报纸上会看到的要复杂得多。

听完他的话我不知道该如何作答，于是给自己倒了一杯橙汁。

这个长周末你打算怎么过？他问我。出去野餐、打棒球之类的事情？看样子会是个大热天。正合适去海边。

没什么安排，我说。每周六我父亲带我出去吃饭，仅此而已。

他到底怎么了？弗兰克问道。男人怎么会放跑像你母亲这样的女人？

他跟自己的秘书搞上了，我说。尽管只有十三岁，我已经能够明白自己说的这些话听上去具有什么样的效果，平淡无奇。

就像是供认自己会尿床或者在商店扒窃一样。连有趣都算不上。就是一个可悲的故事而已。

孩子，我无意冒犯你。如果事情真是这样的话，那可真是谢天谢地了。那种人就根本不配拥有像她这样的女人。

很久没有见到母亲像这天早上走进厨房时的这副模样了。她的头发总是用橡皮筋扎在脑后，今天却散落在肩头，看起来比平时蓬松，就好像之前她睡在了一团云朵上。她穿着一件白底碎花的衬衣，我觉得以前她从来没有穿过这件衬衣，最上面的扣子也敞着。露得不多，不会给人留下轻浮下贱的印象——我想起了他说过的话，有关拉斯维加斯舞女的那些话——反而让人觉得她很好相处，充满吸引力。她还戴上了耳坠，涂上了唇膏，等她走近后我还闻出她喷了点香水。只是最轻淡的柠檬味的香水。

他问她睡得怎么样。跟婴儿一样，说完她就哈哈大笑了起来。

实际上我都不知道人们为什么要这么形容，她说。想想吧，小宝宝夜里得醒来多少次。

她问他有没有孩子。

一个，他说。现在应该十九岁了，如果还活着的话。小弗朗西斯。

类似我的继母玛乔丽之类的人听到这里就会说点表示同情的话，诸如自己感到很难过。他们还会问究竟出了什么事情，如果是虔诚的信徒的话，那他们还会说弗兰克的儿子现在肯定在更好的地方。要不就会说他们认识的其他人也没了儿子。直到现在我才注意到人们总是这样，无论对方怎么说他们都先表示完全认同，然后就把话题扯到了自己身上，说起自己的伤心事。

听到弗兰克说儿子死掉了我的母亲一言未发，不过对于眼下这种状况她的神情恰到好处。这种状况就像头天晚上一样，他给她一口一口地喂香辣面，把酒杯凑到她的嘴边，好让她抿上一小口，我感觉他俩扔掉了通常的交流方式，完全是在用另外一种语言沟通。他清楚她为他感到难过。她明白他清楚这一点。还是那样，她坐在他为她摆好的椅子上，还是头天晚上她坐的那把椅子，她把手腕伸给了他，好让他重新绑上丝巾。他们已经达成了共识，就他们俩。我基本上只是一个旁观者。

阿黛尔，我想咱们不用这样了，他一边说，一边认认真真地将丝巾叠了起来，然后放在了一摞金枪鱼罐头的上面。他摆放好那一摞丝巾的样子就像是别人对待主教礼服的态度一样。

我不想再绑住你了，弗兰克说。不过，一旦有一天你得告诉别人我绑住了你，你就能通过测谎试验。

我想问那一天是什么时候？谁会对她进行测谎？她接受测谎时他在哪里？别人会问我些什么问题？

母亲点了点头。是谁教你做这种饼干的？她说。

我的奶奶，他说。我的父母过世后就是她在抚养我。

是车祸，他告诉我们。当时他只有七岁。那天夜里开车从宾州的亲戚家回来的路上他们碰到了一段结着暗冰的路面。那辆雪佛兰狠狠地撞在了树上，他的母亲和父亲坐在前排，都死了，他的母亲没有立即死去，他还记得别人使劲将母亲从车里弄出去的时候母亲哼哼了几声，呻吟声。他父亲的尸体横在前座上，脑袋压在母亲的大腿上。坐在后座上的弗兰克只有一只手腕骨折，他从头到尾目睹了整个过程。车里还有一个保姆。在那个年代人们开车时只是让孩子坐在自己的腿上。保姆也死了。

我们坐了一会儿，一声不吭。或许母亲只是想拿起餐巾，可是她的手轻轻地擦过了弗兰克的手，而且还停留了片刻。

我还从来没吃过这么好吃的饼干，母亲对弗兰克说。你应该给我透露一下窍门。

阿黛尔，我愿意把一切都告诉你。如果在这儿待的时间足够长的话。

⌒

他问我打不打棒球。实际上他是在问我最喜欢打什么位置。没有想法，这个问题太深奥了。

我打过一季的少年棒球联盟，可是差劲透了，我说。我打左外野，自始至终连一个球都没接住过。我退队的时候大家都很开心。

我敢说唯一的问题就是没有人对你进行过正确的训练，他说。你的母亲看起来在很多事情上都颇具天分，可是我猜她在棒球方面没有什么能力。

我爸爸在体育方面很厉害，我说。他参加了一支垒球队。

没错，弗兰克说。垒球。那你还能指望他什么呢?

他那位现任老婆的儿子是个投手，我对弗兰克说。我爸爸总是在跟他玩。他还常常带我跟他俩一起去球场，还带着一桶球，可是我完全无可救药。

亨利，要是你有时间的话，我想今天咱们应该扔一会儿球，他说。你有手套么?

弗兰克自己没有手套，不过这也不是什么问题。他之前就注意到我家房子后面有一块开阔的空地，刚好可以做运动场。

可是你刚刚切除了阑尾，我说。我想你应该看押着我俩。要是你不盯着的话，一旦我俩有谁跑掉了，那你怎么办呢？

那你就会受到真正的惩罚，弗兰克说。你就得重新回到现实社会中去了。

接下来的事情就是他将我家的院子考察了一番，看了看哪里适合搭建鸡舍。天气马上就要凉下来了，不过只要有足够的稻草，小鸡就能平平安安地熬过冬天了。在夜里挤在一起取取暖就行了，就跟咱们人类一样。

弗兰克还看了看我们那堆按照标准规格买来的柴禾，听说了这些柴禾是刚刚送过来的，他就说卖柴禾的人一直在短斤少两。

我可以帮你们劈柴，不过伤口上的缝合线可能会迸开，他说。我敢说冬天这里一定很舒坦，雪越积越厚，你们在炉子里生着火。

他擦干净了炉子的栅格，给车换了油。他还给转向灯换上了新的保险丝。

阿黛尔，你上一次换前后车胎是什么时候？他问道。

她只是看着他。

他说，既然说到这儿了，我得说应该还没有人给你们演

示过如何修理瘪了的车胎，我说得没错吧，亨利？现在我要
教你点东西，你绝对不会希望出了事的时候才开始学。特别
是你还希望给坐在自己身边的年轻女士留下好印象。还没等
你意识到的时候你就已经把车给开上了。就是这件事情，还
有其他一些事情。

他洗了衣服，又把衣服熨了一遍。拖完地之后他给地板
打了蜡。然后又仔仔细细地查看了一遍厨房里的储藏柜，想
看看午饭能给我们做点什么。他用的是金宝汤，不过加工了
一下。糟糕的是院子里没有种一片新鲜紫苏。或许来年可以
种一片。同时家里还要常备着牛至。

然后他带着我去了院子，手里拿着前一天在普莱斯玛拿
的棒球。作为一个初学者，我只需看看你在缝合线上怎么摆
放手指的，他说。

他俯身凑近我，他的手指握着我的手指。首先就是这个
问题，他说。你握球有问题。

他示范了正确的手势，他自己的握球手法，然后说今天
咱们先不练习抛球。对于这种活动来说他的伤口还有些脆弱，
他说。不过，让我先从找到正确的手感开始还挺不错的。用
手指触摸着球。一边走，一边将球轻轻地抛向空中。

入夜后我要把手套塞在你的枕头下，他说。呼吸着皮子
的气味。让你始终在状态中。

我俩又回到了厨房。就像拓荒时代的女性，或者是以前牛仔电影中出现的妻子一样，母亲在给弗兰克缝补裤子。她本来还打算把那条裤子给洗了，可是那样一来弗兰克就没有裤子穿了。在她缝补裤子的时候弗兰克就用浴巾裹着自己，坐在一旁。之前他已经用湿布轻轻地擦掉了最厚实的一块血迹。

缝衣服的时候你总是咬着嘴唇，他说。有人跟你说过么？

这倒不是说那天他才注意到她的这个习惯，更不是说他只注意到这么点细节。他还注意到她的脖子，她的指关节——没有首饰，真可惜了那么好看的一双手。她的膝盖上还有一个伤疤，我以前从来没有留意过。

亲爱的，怎么一回事儿？他问她，仿佛这种称呼不算什么似的，仿佛这是世上最自然不过的事情似的。

在舞蹈学校里进行日常表演的时候弄的，独舞《星条旗永不落》，她告诉他。我跌下了舞台。

他亲了亲那块伤疤。

这天下午，等他的裤子缝好，我们也喝了点汤，打了会儿牌，玩了一会儿他教给我的小魔术，就是让牙签从鼻子里钻出来，这时响起了敲门声。弗兰克在我家已经待了好一阵子了，差不多快一整天了，他知道这种事情很不寻常。我看到他脖子上的青筋跳了跳。母亲的目光挪到了窗户那边——没看到车。不管来人是谁，应该都是走过来的。

亨利，你去看看，她说。告诉他们我正忙着。

是住在街对面的杰维斯先生，他拎着一桶晚熟的桃子。我们的桃子太多了，都不知道该怎么处理了，他说。我想你母亲兴许能派上用场。

我接过了桶。他仍旧站在门廊里，好像还有话要说。

假日周末就要到了，他说。他们说明天气温得升到九十五度。

没错，我说。我在报纸上看到了。

星期天孙子要过来。要是你不出门的话欢迎你来我家，跳进游泳池，凉快凉快。

他们家的院子里有一个地上游泳池，整个夏天几乎都干着，只有住在康涅狄格的儿子一家过来探望父母的时候泳池里才会灌上水。他们有一个跟我差不多大的孙女，她得用哮喘吸入器，她还喜欢装作自己是机器人，他们还有一个三岁左右的孙子，他有可能会把尿撒在泳池里。这个提议对我没有多少吸引力。

我对他说了声谢谢。

你母亲在家么？他问道。这个问题纯属多余，不光我家的车正停在门前，而且街坊邻居全都知道她几乎过着足不出户的日子。

她正忙着呐。

你或许应该跟她说一声，以免她没听到消息。斯丁奇费尔德那边跑出来个什么人，监狱里的人。广播上说最后一次有人见到他是在购物中心，就在城里。没有人报告他搭了顺风车，也没有汽车被盗，这就说明他还在这一带。我老婆气得不行，她确信此人直接跑到我们家了。

我妈妈正在缝衣服，我说。

我就是觉得应该跟你母亲说一声。她就只有自己一个人。要是出了什么状况，就给我们打个电话。

Chapter Seven

{   第 七 章   }

————

我来试试看，她一边说，一边用两
只手拎起了面饼，按照弗兰克之前
示范的方式将面饼贴了上去。弗兰
克贴身站在她的身旁。她屏住了呼
吸。面饼毫无差池地落在了果馅上。

杰维斯先生走了，我又回到了厨房。我出去了四分钟，大概这么久吧，尽管家还是我的家，还是我住了将近四年的那个家，而我们遇见弗兰克才是昨天的事情，可是我感到我的出现造成了某种破坏。以前我也碰到过类似的情况。在我们以前那个家里的时候，有一次我走进父亲的卧室，玛乔丽抱着孩子坐在床上，她的衬衣敞着口子，一只乳房露在外面。还有一次，有人在做实验的时候出了岔子，教学楼里弥漫着一股硫黄味，学校就提早放了学，回到家我开了门，又"砰"的一声把门关上，可是家里的录音机音量开得太大，母亲没有听到我开门关门的声音，我走进厨房，看到她正在客厅里跳着舞，不是我平时见到的那些舞步，也不是她一直试图让我掌握的舞步。那天她就像我在《国家地理》的一期专题报道中看到的托钵僧一样，满房间地旋转着。我拎着桃子回到屋里的时候他俩看起来正是这副模样。就好像这世上只有他们两个人似的。

他们多得吃不完，我说。杰维斯夫妇。

至于其他的事情，就是杰维斯先生说的有犯人越狱的事情我没有提。

我把桃子放在了桌子上。弗兰克跪在厨房的地板上，在安装水槽下面的排水管。母亲坐在他的旁边，手里拿着一把扳手。他俩正四目相对地望着彼此。

我从桶里拿了一个桃子，洗了洗。母亲不相信细菌对人体有害，我相信。细菌都是他们为了转移人们的视线所编造出来的，好让大家不去关心真正值得他们关心的事情，她说。细菌是纯天然的东西。你需要担心的是人为的事情。

桃子不错，我说。

弗兰克和我的母亲仍旧坐在那里，手里拿着工具，身子一动不动。真糟糕，全都熟过头了，她说。不等到吃完就坏了。

我正想说接下来要发生的事情，弗兰克说。他的声音一直很低沉，现在突然又降了半个八度，听起来就像是约翰尼·卡什①在我家厨房里冒了出来一样。

眼下咱们有个大麻烦，他说。

我心里仍旧惦记着杰维斯先生说的事情。有人正在外面寻找逃犯。我从报纸上知道了他们已经在公路上设起了路障，水库那边也盘旋着直升机，有人觉得自己看到了警方描述中的那个人，只是他们现在又说那个人的一个眼角上有一块疤，或许脖子上还有一把刀或"哈利"之类的文身。现在弗兰克应该要亮出他的枪了，或者是刀，用清瘦却结实的胳膊勒住

① 约翰尼·卡什（1932年2月—2003年9月），美国乡村音乐创作歌手，多次格莱美奖获得者，他的妻子是著名乡村音乐作者及歌手简·卡特·卡什。

我母亲的脖子，那脖子刚刚才被他夸赞了一番，他拿着刀紧紧地抵着她的皮肤，带着我们去汽车那里。

有了我俩他就能自由地越过州境线。事情就是这样的。我看《夏威夷神探》已经看得太多了，完全能想明白这回事。可是，弗兰克突然朝我俩转过了身，手里还握着一把刀。桃子，他说，神色比以前更加严肃了，要是不能尽快吃完的话，它们就得烂掉了。

你有什么方案？母亲说。我不记得以前听到过她用这种声音说话。她在笑，不是听到别人讲笑话时的那种笑，更像是有了好心情，感到幸福时的笑。

我要给咱们做一个桃子馅饼，就像我祖母做的一样，他说。

首先他需要几个碗。一个用来做皮。一个用来盛馅。

弗兰克给桃子削了皮。我负责把桃子切块。

馅不难做，弗兰克说。我要跟你说的是外皮。

从他伸手去够碗的样子看得出这个男人一辈子做过不止一两个馅饼了。

你要赶快让原材料尽可能凉下来，他说。这种大热天对咱们的手来说可是个挑战，咱们得赶紧了，别让它们因为气温烂掉。做皮子的时候要是电话响了，你就去接电话（对我家来说这种问题基本不存在，我家经常整天接不到一个电话，也就是父亲会来电话确定一下周末的聚餐）。

弗兰克一边在案板上将原材料逐一摆好，一边讲着自己在祖父母的农场里度过的日子。讲的基本上都是他的祖母，他的祖父死于一场拖拉机事故。从他十岁起就是祖母一个人在抚养他了。一个强硬的女人，但是讲理。你很清楚自己不干家务活的下场，没有商量的余地。周末全用来清理谷仓。就这么简单。

晚上她给他讲故事。《海角乐园》。《鲁滨孙飘流记》。《瑞奇－提奇－嗒喂》（《丛林故事》）。《基督山伯爵》。那时候我们没有电视，我们也不需要电视，她可以给我讲故事，他说。她都可以在广播里讲故事。

她劝他不要去越南。这个女人很有先见之明地意识到谁都不会打赢那场战争。可是他觉得自己比其他人都有头脑。弄个预备役名额，拿着退伍军人权利法案①规定的教育补助金去上大学。接下来他就发现自己已经年满十八岁，正坐在前往西贡的飞机上。到达越南两个星期后春节攻势②就开始了。他们全排十二个人中有七个人是被装在骨灰盒里重返故土的。

我想知道他的狗牌③还在不在。或者其他的纪念品。敌军的武器之类的东西。

我不需要留着让我想起那段日子的东西，他说。

弗兰克一辈子已经做够了馅饼，最近也没有做过，但是

① 该法案旨在向二战退伍军人提供教育补助，引发了一股高校入学潮。
② 1968 年 1 月底，即越南的旧历春节期间北越发动了规模空前的春节攻势，超过八万北越军队和越共游击队对南越几乎所有的大小城市发起了进攻。历史学家一直认为，春节攻势是越南战争的转折点。
③ 美国俚语中将战时挂在士兵颈上的身份识别牌称为"狗牌"。

这跟骑自行车是一个道理，他根本不需要用量杯舀面粉，不过我记得他说过自己总是喜欢先舀上三杯面粉。这样就能多做一张皮子备用，要是身边有个小家伙的话，你就把面团给他，让他用模子压几块饼干出来。

加盐的时候他也没有用量勺，不过他觉得有四分之三茶匙那么多。亨利，馅饼的皮子是一种很宽容的东西。你可以随意犯错，却不会有什么大碍，但是有一样事情切不可忘记，那就是盐。就像生活一样，有时候最不起眼的事情会起到最重要的作用。

做皮子的时候他希望手头有一样工具，就是他祖母的面粉搅拌器。这种东西随处都能找到，无须高档食品店，在普通的超市就能找到这种工具，不过他祖母的那个搅拌器的手柄是木头做的，还染成了绿色。

他说先要把起酥油放进盛着面粉和盐的碗里，然后碾碎它，用面粉搅拌器碾碎，在特殊情况下（他显然是针对我家的现有条件）几把叉子也行。

接下来就要说一说起酥油的问题了，他说。关于起酥油他要跟我强调不少事情。有些人用黄油，是为了让馅饼更香。话又说回来，要想得到更酥脆的效果，没有什么能超过猪油。亨利，对于这个问题人们始终争执不下，他说。这一辈子你会遇到观点相左的两种人，要是运气好的话说不定你还能说服别人接受另外一种观点，就像民主党人说服共和党人一样，或者反过来。

那么，你用哪一个？我问道。猪油还是黄油？令人吃惊的是我家的橱柜里居然放着猪油，尽管不是弗兰克希望看到的真正的猪油，只是克罗斯克的假猪油而已，那还是有一次母亲突然想炸土豆片和其他油炸食品的时候买的。我们炸了十片土豆片之后就完事了，她厌倦了，然后就去睡觉了。现在刚好，蓝罐子还摆在架子上。我猜弗兰克应该不属于"黄油派"。

两种我都喜欢，他一边说，一边用刮铲舀了一勺光滑的白色克罗斯克，倒在了一碗面粉的中央。但是黄油也很重要，所以他打发我去邻居家借一点来。我跟母亲以前从来没有这么干过。我羞于开口管别人要东西，但是这件事情却让我感觉不错，好像我是过去那种电视节目中的一个角色，在那些节目里人们总是相互串串门，一起找点乐子。就好像我们也都是正常人一样。

我拿着黄油回到家，弗兰克把大部分黄油切成了小块，撒进了面粉中。自然他也没有量一下用了多少猪油和黄油，我问他用了多少，这一次他摇了摇头。

亨利，要靠直觉。要是太在意食谱上是怎么说的话，那你就会丧失最基本的感觉能力，来自神经末梢的感觉，现在需要的正是这种感觉。这就像人们光顾着分析诺兰·莱恩[1]是如何投出快球的，或者说园丁把时间都花在阅读西红柿种

① 诺兰·莱恩（1947年1月一　），美国职棒大联盟的投手，职业生涯长达二十七年，以强力的右投手闻名于世，能投出101英里的快速球，使他获得"特快车莱恩"的绰号。

植秘籍之类的书籍上，而不是出去亲手抓一手泥一样。

他说在提到跳舞的问题时你母亲大概也会这么说。其他领域也是一样的，不过现在咱俩就不去深入讨论了。

他飞快地瞟了她一眼。他俩的目光碰在了一起。她没有将自己的目光挪开。

但是他说他要跟我说一下小孩子的问题。这倒不是说他是这方面的专家，不过很久以前他曾照顾过自己的儿子，时间不长，这段经历比其他事情都更清楚地让他明白一定要跟着自己的感觉走。跟自己的五种感觉，跟自己的身体保持协调一致，而不是大脑。孩子在半夜开始哭喊，你就得把他抱起来。或许他哭得把脸都憋成了红萝卜的颜色，或者喘不过气来，让自己心烦意乱。这时你会从书架上抽出一本书，查一下专家是怎么说的么？

你会把手放在他的身上，抚摸着他的后背。朝他的耳朵里轻轻地吹一吹。搂着小宝宝，让他贴在你的身上，带着他出去走一走，让他沐浴在夜晚的风中，让月光落在他的脸上。或许再吹吹口哨。跳跳舞。哼一会儿歌曲。做做祷告。

有时候医生也会嘱咐你让宝宝吹一吹凉风，有时候让你把热手放在他的肚子上，有时候什么也不做才是最好的选择。你得多加留意。慢下来。不要去理会世上那些无关紧要的事情。去体会自己真正的需要。

回到馅饼的问题上，这就意味着有时候需要多放一些猪油。有时候又需要多放一些黄油。当然，水的多少也是不确定的，量多量少取决于天气。不用说，这里指的是冰水。

要想成功地做出馅饼你就不能加太多的水，弗兰克说。在做皮子的时候大多数人都放了太多的水。自然，他们和出来的面团非常有卖相，可是没有人会为面团就给他们颁奖。到最后他们的皮子只会是软塌塌的。你明白我说的那种皮子。他们还不如去吃硬纸板呐。

有一件事情我绝对不应该忘记：你随时可以往面团里加水，但是你绝对无法把水从面团里取出来。水越少，皮子就越酥。

我几乎全神贯注于弗兰克的讲解，他对我，对我们手里的桃子馅饼也十分专注。他的专注似乎让周围的世界消失不见了。

他讲解馅饼制作过程的样子叫人不得不集中精神，甚至几乎无法跑一下神。然而，在做馅饼的时候我还是会时不时地瞟一眼母亲，她就站在案台前，望着我俩。

我几乎以为站在那里的是另外一个人，她看上去与平日太不一样了。

比如，她变得年轻了。她靠着案台，手里拿着一个桃子。她时不时地咬上一口桃子，桃子熟得过头了，桃汁顺着她的脸颊淌了下来，落在了碎花衬衣上，不过她好像没有意识到。

她不停地点着头，脸上洋溢着笑容。看起来她觉得这一切有趣极了。看着她，然后再看看他，我有了一种奇怪的感觉。仿佛在他俩之间流淌着一股电流。他在对我说话，也十分专心，可是在这一切的下面还涌动着一股潜流，大多数人，甚至所有人都会意识不到这股潜流的存在。就像只有极少数的人才能听到高频声音。只有他俩。

他在对我说话。但其实他是在对她发信号。她也收到了。

这倒不是说他已经讲解完了馅饼的制作，实际上这会儿他又开始讲起如何在碗中央弄出一个窝，往里淋一点冰水，够做顶部皮子的量即可，接着把面团揉成球状，倒不需要达到滚瓜溜圆的程度——要想把面团揉得那么圆就得给面团加过量的水。能让面粉粘在一起就足够了，这样就可以擀皮子了。

我家没有擀面杖，不过弗兰克说不要紧，我们可以用酒瓶，把商标撕掉就行了。他先给我演示了一下基本动作，又轻又快，从中心擀起，然后他让我试着擀了擀。学习的唯一方法就是动手去做。

在案板上擀的时候我们的面团看起来几乎要碎了。他也只是把面团勉强地擀成了一张圆饼。有的部分甚至已经断开了，不过他又用手掌根把断开的部分压在了一起。

手掌根，他说。这个地方的质感和温度最理想。大家都在买那些高档工具。其实，有时候干这个活的最佳工具就在你自己的身体上。随用随取。

制作底部的皮子时用馅饼托盘就行了。弗兰克和我之前就在蜡纸上把面团擀开了，这会儿面饼薄得符合了他的要求，而且也没有断开的地方，勉强算是完整的，他将盘子倒扣在擀好的面饼上。接着他又抓住蜡纸，将所有的东西一起翻了过来。然后掀去了蜡纸。动作干净利落。

他让我负责填馅。在我动手之前他先往桃子里撒了点糖，又加了点肉桂。

要是有美纽特木薯粉把汁水吸掉就好了，他说。你猜怎么着？我们居然有。

这是我祖母的秘密配方，他说。在装馅之前先给皮子上撒点这东西——就像是冬天路上结冰的时候撒点盐一样——湿湿的皮子就消失了。这东西帮你把汁水都吸掉了，而且还没有淀粉的味道。亨利，你明白我说的是什么样的馅饼，对吧？黏糊糊的，就像是泡普果馅饼的馅子一样的东西。

我明白。就在此时我家的冰柜里还放着一百盒泡普果馅饼。

弗兰克切了点黄油，把黄油撒在了堆满了桃子的馅饼托盘上。顶部的皮子也准备就绪了。

顶部的皮子必须比底部的结实一些，因为咱们得把它拎起来，弗兰克对我说。不过还是那句话，添水容易去水难。

我又回头瞟了一眼母亲。她正看着弗兰克。他一定感觉到了她的目光，因为他也抬起了头，回头看着她。

忠告起作用的方式很可笑，他说。一个人从你生命中消失了二十五年，她说过的话却一直留在你的脑海中。

别把面团弄得太狠。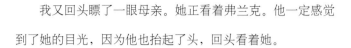他祖母的另一句至理名言。

他说自己之前误解了这句话。他还以为她是在说钱的问题。那是个笑话，他解释说。之前我们没有意识到，因为下巴上的皮肤绷得太紧，他的脸部肌肉似乎从来没有形成过可以被称为笑容的表情。

我们擀好了顶部的皮子，也是在蜡纸上擀出来的。只是现在没法再将托盘倒扣在面饼上了，盘子里已经装满了桃子。我们只能把面饼从蜡纸上拎起来，麻利地将它扣在馅饼上。我们那张酥脆的饼坯只能在空中悬置片刻，只有一点点冰水让面粉粘连在一起。要是在拎起和翻转的过程中有丝毫的犹豫，饼坯就会四分五裂。要是扣得太快，又有可能让它跟馅饼错位。

手得很稳当，心也得很稳当。这一刻需要信心和投入，弗兰克说。

直到这时一直都是弗兰克和我在一起忙活着，就我们俩。母亲只是在一旁看着。现在他把手搭在了她的肩头。

阿黛尔，我想让你来完成这件事，他说。

---

① "生面团"（dough）在美国俚语中又可用来指钱、现钞。

母亲的手早就出现了颤抖的症状，我都记不清她的手什么时候不在哆嗦。从柜台上拿起硬币的时候会哆嗦，切菜的时候——就像今天一样，很少几次我们也需要切点新鲜食物时——也会哆嗦，有时候抖得太厉害了，她只能放下刀，说"今晚烧汤算了，你说呢，亨利？"

我们很少出门，不过出门的时候她都要涂点口红，每次总是多少有些涂不到位。大概就是因为这个原因她基本上放弃了大提琴的学习。她可以自然而然地拉出颤音，可是她没法拿稳弓子。类似这天下午她要做的事情，就是给他缝补裤子之类的事情，对她来说都是挑战。穿针，这是完全不可能的。每次都得由我来穿。

这会儿母亲顺着案台走到了弗兰克的身旁，旁边的案板上放着我们拿来当擀面杖的酒瓶。

我来试试看，她一边说，一边用两只手拎起了面饼，按照弗兰克之前示范的方式将面饼贴了上去。弗兰克贴身站在她的身旁。她屏住了呼吸。面饼毫无差池地落在了果馅上。

亲爱的，太棒了，他说。

他又给我演示了一遍怎样掐边，把顶部和底部的两张皮子捏在一起。接着他又教我在馅饼顶部刷上一层奶液，撒点白糖，再用叉子在馅饼上戳三排小孔，好让热气排出来。最后他轻轻地将馅饼放进了烤箱里。

再过四十五分钟咱们就能吃到馅饼了，他说。我祖母还说过一句话：美国最有钱的人也吃不上咱们今晚吃的这么美味的馅饼。这句话用在咱们身上也正合适。

我问他现在他祖母在哪里。

过世了，他说。从他的声音中我可以听出来我最好还是就此打住。

Chapter Eight

{ 第 八 章 }

———

只是声响和呼吸，身体在运动，床
头板啪啪地撞击着墙板，接着就是
长长一声叫喊，就像是已经发现配
偶的鸟在夜间的叫声，或者是正在
筑巢的潜鸟看到老鹰盘旋在自己上
空时发出的声音。痛苦的呼唤。

那个夏天，我的身体出现了变化。实际上，个头长高了都算不得什么大事，关键是我的声音变得低沉了，变成了很不稳定的中音，每次开口说话我自己都不清楚究竟会发出先前的高音，还是刚出现的低音。我的肩膀仍旧像以前一样瘦削，不过脖子粗了一点，腋毛也长了出来，下边的毛也冒出来了，我也不知道该怎么称呼那个地方。

那个地方也发生了变化。我见到过父亲赤身裸体的样子，那一幕让我为自己的身体感到害臊。他管我叫小东西，一边说一边哈哈大笑。理查德年纪比我小，洗澡的时候我也看到过他的身体，看到他的身体我就确信了自己的猜测没有错。我的身体出了问题。我是被女人拉扯大的男孩。抚养我长大的女人对男人有一种理解：男人很自私。男人不忠诚，不可靠，还很残忍。男人迟早会让你心碎。这种信条会把我，我母亲的独生子，一个男孩带到怎样的一条路上？

那个春季事情终于发生了，我的腹股沟下面——用母亲的话说就是我的"私处"——硬了起来，白天偶尔会紧紧地撑在裤子里，我根本没法控制它。雷切尔·麦凯恩走向黑板去做数学题的时候她的裙子会飘起来，露出大腿；在晨会上莎朗·桑德兰坐在我上方的看台座位上，我能瞟到她的内裤裆部；我还会看到其他人的胸罩肩带，坐在某个姑娘身后时透过她的衬衫我还能看到她的奶罩搭扣；给我们教授社会研究课程的伊文路德女士在我的课桌跟前俯身查看我列出的参考文献时情况又出现了，就像是一个全新的身体器官在我的裤子里焕发了生命似的，在此之前裤裆里只有一个百无一用、发育不良的小东西。

我本应该感到开心，或者自豪，可是这种变化却只令我感到尴尬。要是别人看到了可怎么了得？现在在学校里每当走在过道里的时候我都生怕见到漂亮姑娘，那些屁股浑圆的姑娘，那些散发着芬芳气息的姑娘，那些乳房挺了起来的姑娘。我读过一篇抓捕银行劫匪的文章，银行里的纸币都经过了化学处理，一旦从包里拿出来上面的化学药剂就被激活了，类似压力罐的东西就会释放出一股洗不掉的蓝颜料，劫匪的脸上就会粘上这种颜料。勃起给我的感觉就是这样的，它公然地证明了我这可怜兮兮的半成年状态。

不仅如此。最糟糕的还不是发生在身体上的变化，而是脑子里冒出来的那些念头。每天晚上我都会做梦，都是有关女人的梦。我对性交的问题毫无概念，很难想象出人们是怎么做那种事情的，那种我日后也会做的事情，不过我知道女人的身体上有一个地方可以让我这个刚刚长起来的器官插进去，就像是不请自来的酒鬼闯入聚会一样。我从不觉得会有人希望我出现在这种场合里，正因为如此我所幻想的每一个场面都令我感到羞愧内疚极了。

有的梦反复不断地重现着，都是学校里的那些姑娘，但是令人恼火的是从来没有梦到过啦啦队的姑娘们。常常出现在我梦里的姑娘都是些不速之客，是另外一种类型的姑娘，她们的身体看起来就跟我的一样令人感到不自在，比如塔玛蕾·费舍尔，她在上五年级的时候就开始发胖了，在那段时期她的母亲去世了，现在除了腹部和又宽又白的大腿之外，她还多了一对沉甸甸的乳房，那对乳房看上去像是老女人才会有的乳房，根本不像十三岁少女的乳房。尽管如此，我还是希望看到那对乳房。我想象着自己无意中溜达进了女生更衣室，看到了一群女孩正在换衣服的场面，或者推开了卫生间的门，看到林赛·布鲁斯正坐在马桶上，裤子褪到了脚踝那里，她在轻轻抚弄着两腿之间的那块秘密地带。在我的梦中很少会出现迷人或性感的女人，我梦见的姑娘全都那么可怜。不过最可悲的还是我自己。

在一个反复出现的梦我自己成了主角，我在不知道哪个地方的田野中绕着一根杆子奔跑着，或者是一棵树，我在追赶雷切尔·麦凯恩，她光着身子。我拼命地跑着，可是怎么也追不上她，我俩不停地绕着圈子。我看得到她的屁股，还有两条腿的背面，可是就是看不到她的正面，也从来没有看到过她的乳房（很小，不过对这时候的我来说仍然充满了吸引力）或者下边的东西，我不停地琢磨着那个难以言明的地方。

在这样的梦里，我或者也可说是梦中的我琢磨出了一个点子。我突然停下来，朝着相反的方向转过身，这样一来雷切尔·麦凯恩就会照直朝我跑过来，我终于能看到她的正面了。即便是在梦中我也还是对自己的聪明才智感到沾沾自喜。多么绝妙的主意啊。

只是我还是一直没有看到她的正面。每次到了这个时候我就醒了，床上也常常湿了一块，令人害臊的分泌物。我要么把床单翻个面，以免母亲发现，要不就把床单塞在换洗衣物的最下面，或者用水把那块地方擦一擦，然后在上面盖条毛巾，等着那块地方干了为止。

终于我想明白了赤身裸体的雷切尔为什么从来不会从另一头朝我跑过来。我的大脑没能力提供必需的形象。我对乳房的了解都来自图片（除了有一次看到了玛乔丽的乳房）。至于其他的，一片空白。

现在我不停地想着女孩们的事情，可是以前我跟学校里的女孩唯一说过的话就是能帮我把卷子传过来么？我没有亲姊妹，也没有表姊妹。我喜欢《幸福生活》里的那个女孩，还有《霹雳娇娃》中的一个姑娘，不是大多数人认为最漂亮的那两个，是那个长着一头棕色头发的，她在剧中的名字是吉尔。我也喜欢奥莉维亚·纽顿－约翰[①]，还有从一册过期的《花花公子》上看到的当月玩伴女郎卡莉，那本杂志还是我从父亲家找到、放在书包里悄悄带回家的，不过令人恼火的是印着裸照的插页被撕去了。现实生活中我唯一认识的女人就是我的母亲。结果，我对女人的一切猜想最终还是回到了她的身上。

我清楚大家都认为我的母亲长得不错，甚至可以说是个美人。她来学校看我的戏剧演出时一个我根本不认识的男生——八年级的学生——在操场上拦住我，跟我说你妈太性感了。他接下来说的话让我感到骄傲极了。

我敢打赌等你成了大人之后你的所有朋友都想跟她打一炮。

她相貌姣好，又有着舞蹈演员的身材，但这只是其中的一部分原因。我想我的母亲还流露出一种感觉，这种感觉强烈得就好像她在散发着一股气息，或者她的衬衫胸口带着某种标记，让人们知道她的身边没有男人。学校里也有其他一些父母离异的孩子，可是没有谁会有我这样的母亲，她看起来好像已经让自己出局了，就像是在其他文化或者非洲的一个部落中的女性，也有可能是印度的女性，我大概是从别人那里听说来的，一旦原配丈夫去世或者离开她们，她们的生

---

① 奥莉维亚·纽顿－约翰（1948年9月一　），生于英国剑桥，流行音乐歌手，荣获1974年格莱美奖。

命也就结束了。

在父亲离去后的这些年里，我只知道她约会过一次。是给我们修理燃油炉的那个人。他在我家待了整整一个上午，一直在地下室里忙活着，清理了加热管。等他上来给我母亲送账单的时候他向她道了歉，说自己在干活的时候把我们家弄得满是灰尘。

我猜你还是单身，他说。没戴戒指。

他说这句话的时候我正在厨房里写作业，不过他似乎对我的存在并不介意。

一定很孤单吧，他说。尤其是到了冬天的时候。

我还有我的儿子，她说。她还问他有没有孩子。

我一直想要孩子，他说。结果我的妻子离开了我。现在她跟别人有了孩子。

我一直记得他的这句话在我听来奇怪极了。好像自己的孩子必须是自己亲生的，不应该是别人生的孩子似的。我是母亲亲生的，这没问题，但是这时我就在想，玛乔丽生的孩子是否算是我父亲的孩子呢？

喜欢跳舞么？他问她。这周六在麋鹿小屋有一场大型聚会。你要是有空的话。

她喜欢跳舞么？问题就在于此，我的母亲没法撒谎。

他带着鲜花来接她。她穿了一条转身时能甩开的大摆裙，很久以前，在遇到我父亲的时候她可不穿这种裙子，那时她

穿的裙子能让内裤露出来，而这一次她的裙子只够显示出她
转身的优美，露出她的两条腿而已。

她的约会对象也好好地打扮了一番。之前见到他的时候
他穿着热力公司的制服，左胸上还有他的名字——基思，可
是这天晚上他穿着合成面料做的衬衣，衬衣很紧身，贴在他
的身上，扣子也没有全系起来，一点点胸毛露了出来，让人
觉得他很清楚这副样子会给别人留下怎样的印象，甚至有可
能是他故意让胸毛露出来的。母亲梳洗打扮的时候我就在一
旁看着，换了三套行头之后她才选中了一套，然后又对着镜
子梳了半天的头，所以我也能想象得出他挦松了胸毛，让胸
毛从衬衣领口处露出来时的模样。

我没有胸毛。父亲倒是长了很多胸毛，可是我跟他一点
也不像。有时候我都怀疑自己不是他的亲生儿子，没准他的
亲生子本来就是理查德。阴差阳错地我成了他的儿子。

她没有找保姆，我是说我的母亲。如果我不陪着她的话
她哪里也不会去，所以她连一个保姆都不认识。她说不管怎
样，让保姆单独陪着我比让我一个人待着更危险。到处都是
面善之人，可是你怎么知道他们就一定是好人呢？

我准备了一些点心，她说。她还给我留了一本讲述古希
腊生活的《国家地理》和她邮购来的一本有声读物，书里讲
的是因为船只失事一个小男孩流落到了南太平洋的一个小岛
上，他在那里独自生活了三年，最后被路过的一艘货船解救

了。此外她还给我布置了一项任务，就是把她存起来的零钱都包起来，她说等我们（所谓"我们"其实指的仅是我，到时候她还是待在车上）把这些钱交给银行后其中的百分之十就归我，就是说运气好的话我就能得到三角五分钱。她觉得我会喜欢这种工作。

你看起来就像是一位公主，基思对她说。我知道这种话听起来会很傻，他说，可是我真的连你叫什么都还不知道呐。在公司的记录上我们只写了你的姓，还有你的账号。

他看上去很年轻，基思。那时我还太小，分辨不出二十五到三十五之间的人，不过他也有可能连二十五都不到。看着我放在桌子上的活页夹，他说，噢，你在雉岭中学读书啊。我就是从那儿毕业的。他还提到了一个教过他的老师，好像我认识那个老师似的。

他俩离去后不到一个钟头母亲就回来了。要是基思把她送到了门口，那我肯定是没看见。他没有进屋。

从跳舞的样子就可以了解到一个人的很多事情，她说。这个人一点都没有节奏感。

他所谓的跳慢舞就是待在一个地方来回摇晃身子，她说，用手在她的后背上蹭来蹭去。而且他身上还带着一股炉子味。尽管她的态度很明确，清楚地表明自己没有兴趣，可是在她下车的时候他还是强行亲了她一下。

我想这种事情根本就不适合我，我只是觉得至少应该试一试,她说。好啦,我终于知道了自己对约会的事情毫无兴趣。

让母亲感兴趣的是爱情。适合我母亲的人——如果这种人的确存在的话——不太可能会出现在友爱互助兄弟会中。

劳动节周末就要到了,弗兰克说他觉得我们应该来一次烧烤。问题是我家的冰箱里没有肉,只有快速美食和安迪船长。

我想请你吃饭,他说。只是我手头没什么钱。母亲放在冰箱上的乐之饼干盒里有很多十美元的钞票,那还是我上次去银行时取回来的。她拿出了三张。我很少见到几个星期之内母亲会开车出门不止一次的情况,可是这会儿她说她要开车去一趟商店。

我猜你也想一起去吧,她对弗兰克说。好让他相信我俩并没有逃跑的打算。

她说这句话的时候我们谁都没有笑。奇怪的是,眼前的情景之所以令我感到有点不自在,是因为我无法十分肯定地说出弗兰克跟我俩究竟是什么关系。他似乎是我俩请来的客人,从其他地方来的朋友,可是事实不仅如此,我们三个人都很明白当初他是怎么进入我们的生活的。

这天早上,当她穿着碎花衬衣,甩着蓬松的头发走下楼时他已经告诉过她别试图做任何可笑的事情,就在他给她端上咖啡和饼干之后。

我不希望自己在无奈之下做出令咱俩都感到懊悔的事情，他说。阿黛尔，你明白我的意思。

他的这番话听起来就像是老电影里的台词，就是那种西部片，以前在星期天下午看的电视片。可是母亲点了点头，低头盯着桌面，就像有一回在学校里老师让一个孩子把嘴里的口香糖吐掉时那个孩子的反应一样。

他烤好馅饼之后将一把削皮刀装进了自己的口袋里。是家里最锋利的一把刀。丝巾还摊在水池旁的一块擦碗布上。头一夜绑过她之后他没有再将她绑起来过，可是这会儿他冲他俩那边偏了偏脑袋，好像根本就不需要做什么解释，显然对他俩来说是不需要的。只有我需要。

我住在这里。她是我的母亲。可我却觉得自己像是凭空闯进来的人。我不知道这里发生的有些事情我是否愿意看到。

车由他来开。她坐在他的旁边。我坐在后座上，我已经不记得后座上还坐过人。我心想正常家庭就是这样的。妈妈，爸爸，孩子。父亲和玛乔丽带着他的两个孩子来接我的时候他就喜欢这么想，不过我一心指望着一切赶紧结束的那些个夜晚除外，现在我却唯恐这一切结束。我只能看得到她的后脑勺，不过我知道如果能看得到她的脸，那我一定会看到一种陌生的表情。就像是她沉浸在幸福中似的。

开车进城的时候我们谁也没有提起警方正在搜寻弗兰克的事情，但是我一直提心吊胆的。他戴着他那顶棒球帽，我觉得他格外小心地压低了帽檐。不过我也很清楚他最重要的伪装就是有我俩在他身旁。密切留意弗兰克的人是不会想到一个女人和一个小孩跟他在一起。而且不管怎样，他只会待在车里。他一瘸一拐走路的样子还是太引人注目了。

来到超市停车场后母亲把钱给了我。弗兰克又想了一遍自己需要的东西：牛肉馅、薯片、做馅饼的冰淇淋。还有洋葱和土豆，烧汤用的，弗兰克说。

我需要一把剃须刀，他说。他想要老式折叠刮胡刀，可是西夫韦超市不可能有这种东西。

我突然又想起之前想象过的一幅场景：弗兰克用胳膊勒着我母亲的脖子，将刀刃抵在她的脸上。这一次他拿的是刮胡刀。一滴鲜红的血从她的脸上淌了下来。她的声音听起来就是在说，亨利，照他说的去做。

还有剃须膏，他说。为了你俩我想把自己弄得干净点。我可不想让自己看起来像个流浪汉。

或者逃犯。只是谁都不提这回事儿。在超市里所有人都在为假日周末进行大采购。这一次我反倒破天荒地不需要大采购了，以往每次来超市的时候我的购物筐里都堆满了速冻食品和汤罐头，收银处的那个女孩总是说你这是觉得要来飓风了，还是要发生核攻击了？

等着结账的时候排在我前面的一个女人跟朋友聊着高温天气。这会儿她俩在说星期天气温要升到一百度了。去海边的好时候，可是路上肯定又堵车成灾了。

珍妮丝，开学的东西买齐了么？她的朋友问道。

可别跟我提这事儿，那个女人对朋友说。三条给男孩的牛仔裤，几条裙子和内衣，加起来就得九十七块钱了。

一周前收银员去了城里。她的丈夫带她看音乐剧《猫》去了。你知道么？她说。要是待在家里看电视，买票的钱都够给自己买台空调了。

站在我身后的男人整天都在用自家花园里种的西红柿做饭。这会儿他挑了几只罐头瓶。还有一个抱着小孩的女人，她说这个周末自己就坐在小孩子的水池里算了。

听说了没有，他们正在找一个从监狱里跳窗逃走的犯人？为开学大采购的那个女人问她的朋友。他的那张脸我根本忘不掉。

这会儿他大概都在去加州的路上了。

他们早晚会逮到他的，前一个女人说。他们总是这样。

最糟糕的是你知道这种人已经一无所有了，另一个女人说。他们什么都干得出来。对这种人来说一条命也就值个一毛钱。

她的朋友还在继续说着，不过我没有再听到她们的对话了。队伍已经排到了我。我付了钱，拎着买的东西跑出了超市。一时间我没有看到我们的车，随即我就瞥见他俩了。弗兰克把车开到了超市另一侧，卖建材和家庭装饰品的家得宝就在那里。商店门前支着一架杉木做的秋千，他们正在做季末大甩卖。他俩坐在秋千上，他搂着她。车熄了火，不过钥匙插在附件开关上，好让广播开着。广播里正在播放《红衣女郎》那首歌。

他俩没有看到我已经回来了。我对他俩说我们得赶紧开车回家，要不然冰淇淋就化了。

吃完馅饼的时候还不算太晚，不过我对他俩说我累了。我上楼回到自己的房间，打开风扇。九点了，可还是没有凉快下来，我只好脱掉所有的衣服，只穿着宽松的短裤，身上盖着一条被单。

《疯狂》杂志就在手边，可是我很难集中精力。我想着晨报头版上印着的弗兰克的照片，报纸在那里摊了一整天，可是我们谁也没有翻开它把整篇报道读一读。从标题上我得知外面正在开展一场搜捕行动，还知道他杀了一个人，但对详情一无所知。滑稽的是有他坐在一旁，读那篇报道似乎就显得很无礼。

我听到他俩在楼下喃喃低语着，还有他俩洗碗时水流的声音，但是听不清他俩在说些什么，就算风扇没有飞快地旋转我也同样听不清。后来，他俩说得越来越少了，音乐倒是一直响着，是母亲最喜欢的唱片，弗兰克·西纳特拉[1]唱的民谣。很适合当舞曲，要是听到的人很会跳舞的话。

其间我一定是睡过去了，听到了上楼的脚步声我才醒了过来。头天夜里他睡在家里的沙发上，可是这一次除了我所熟悉的母亲的脚步声，我还听到了另外一种脚步声，更沉重的脚步声，还有他低沉的嗓音，就像是完全发自另一个地方，一个深邃黑暗寂静的地方，就像是洞穴或者沼泽。

还是听不到他俩在说什么，只能听得到他俩的声音，还有风扇的嗡鸣，敞开的窗户外响着蟋蟀的叫声，路上过去了一辆车，不过绝对不会开到我家的车道上。有人开着广播收听球赛的转播，大概是杰维斯先生，他应该是在院子里，那里还稍稍凉快一些。偶尔还能听到几声欢呼，红袜队[2]应该打得不错。

有人正在冲凉，水流了好长一段时间，我洗澡从来不会用那么长时间，有一会儿我甚至觉得可能出事了，我应该起床去看看是不是家里的水管破了，可是我也明白不应该这么做。这会儿月光落进了屋里。她的卧室门吱吱嘎嘎地打开了。球赛转播里传来了管风琴的乐声。说话声又响起来了。现在变成了耳语声。我只听清了一句话：**我为你刮干净了。**

在这个小小的卧室里我的脑袋就靠在薄薄的墙壁上，墙背后就顶着她的床头板。这些年来有时候我能听到她睡觉时

① 弗朗西斯·西纳特拉(1915年12月—1998年5月)，昵称"瘦皮猴"，美国著名男歌手和奥斯卡奖得奖演员，被公认为二十世纪最优秀的美国流行男歌手。
② 波士顿红袜队，隶属于美国职棒大联盟的美国联盟东区，是美国联盟最早的八支球队之一，其主场自1912年后即位于马萨诸塞州波士顿的芬威球场。"红袜"这个名字是在1908年左右由球队当时的老板泰勒所取，队徽也是因此名字而设计。

发出的声音，就是在梦中模模糊糊的低语声。我应该很熟悉她的弹簧床垫发出的声音，还有她给那个闹钟上发条的声音，以及接下来的嘀嗒声，可是对于这些声音的关心最多就像对自己的心跳一样。我的房间紧挨着她的房间，这些声音我全都听得到，有时候还能听得到她一边拉开床单一边叹着气，还有她把水杯放在桌子上的声音，或者她推开窗户，好透透凉风时，窗户的吱嘎声，她现在就在这么做。这个炎热的夜晚。

她应该也能听得到我卧室里的动静，以前我还从来没有想到过这个问题。现在我想到了近来这些夜晚，我的手在我陌生的身体部位上来回运动，我的呼吸变得越来越急促，完事之后噗的一声吐出短促低沉的一口气。直到这时我才意识到这一切，因为这会儿墙的另一侧传来说话声，窃窃私语声，她也低声回应着。甚至都不是在说话。只是声响和呼吸，身体在运动，床头板啪啪地撞击着墙板，接着就是长长一声叫喊，就像是已经发现配偶的鸟在夜间的叫声，或者是正在筑巢的潜鸟看到老鹰盘旋在自己上空时发出的声音。痛苦的呼唤。

在墙的这一侧听着这种声音，我感到自己的身体僵硬了。我就这样躺了几分钟，球赛也结束了，隔壁房间里的声音也消失了，只剩下风扇的嗡嗡声——最后虽然花了好长时间，我终于睡着了。

Chapter Nine

{ 　第　九　章　 }

————

动荡不安的这些年里我从不允许自己放弃逃出来的念头。我只是在等待时机，保持着积极的态度。寻找着出路。让自己随时做好准备，绝不错失良机。

星期六了。一阵敲门声吵醒了我。又是一阵咖啡的香气，我知道弗兰克就在楼下，但他不可能去开门，我猜测母亲这会儿应该还在睡觉。我穿着睡衣跑下楼，开了门。没全开，只开了一条缝。

　　母亲以前的朋友伊夫琳站在门外的台阶上，将近一年她没有来过我家了。特大号的婴儿车就在几英寸外正对着我家大门的水泥便道上，推车里坐着巴里。瞟一眼就知道伊夫琳的状态很糟糕，傻乎乎的卷发朝四面八方支棱着，眼睛有点充血。在她来我家跟我母亲聊天的过程中我知道了她每天晚上只能睡上个把钟头。以前她总是说，阿黛尔，我就跟你说吧，过日子可不像在海滩上度假那么简单。

　　我得跟你妈妈谈一谈，她说。都不需要问一下我母亲是否在家。已经几个月没有见到她了，但她很清楚我们家的状况。

　　她还在睡觉。我知道弗兰克就在厨房里，于是我走出门，而没有请她进屋。他正煎面包片之类的东西，从煎锅里的黄油味就能闻得出来。

我接到马萨诸塞州的姐姐打来的电话。父亲中风了。我得回去一趟。

巴里没法去，她说。我希望你母亲能帮忙照看他一天。我平日找的那些保姆都出去过这个假日周末了。

我朝她身后看了看，看着她的儿子。有好一阵子没见过他了。我不记得他以前有这么胖，现在嘴唇上还长出了一层淡淡的绒毛。他挥着两条手臂，仿佛小虫子聚集在他的周围，实际上没有什么虫子。

我给她准备好了午餐，她说。他最喜欢吃的。他已经吃过早饭了，尿布也换过了。你母亲不用太操心的。要是现在就走的话晚饭前我就赶回来了。

我听到屋里又响起了广播声，是弗兰克最喜欢的古典音乐台。母亲在楼梯上喊了一声，谁？然后她就来到了门口，身上还穿着浴衣。在浴衣的衬托下她的脸看起来很柔和。她的脖子上有一个印子。我心想没准他又用丝巾把她给绑起来了，而且绑得还很紧，不过她的气色看起来还不错。只是跟平日有点不一样。

伊夫琳，不太凑巧，母亲说。

他们觉得我父亲熬不了多久了，伊夫琳对她说。

放在平时我肯定二话不说，母亲说。只是这会儿很不凑巧。

说话的时候母亲看着厨房那边。咖啡的香气。弗兰克的声音，他在吹口哨。

要是能行的话我是不会来求你的，伊夫琳说。我只能指望你了。

我也想帮你，母亲说。只是太难了。

我向你保证他不会给你添麻烦的，伊夫琳说。

伊夫琳一边说，一边抚平了巴里的头发。巴里，还记得亨利和他的妈妈么？你俩一起玩过的。

好吧，母亲说。我想我们能对付的。就一阵子。

太感谢了，阿黛尔。伊夫琳将婴儿车的两个前轮推到了门廊上，一时间巴里的脑袋几乎颠倒了过来。他叫唤了一声，那声音听上去有点像头天夜里墙板另一侧传来的声音。只听到一些声响，不过他们没准很开心。这很难说。

嘿，巴里，我说。怎么样？

太感谢了，阿黛尔，伊夫琳又重复了一遍。要是需要我帮忙照看亨利的话，你尽管开口。（说的好像我跟巴里没有什么区别似的。好像我愿意在她家待上一天似的。）

伊夫琳，我知道你赶时间，母亲说。别操其他的心了。我俩会把巴里的轮椅挪进屋的。亨利现在很壮实。

我得上路了，伊夫琳对她说。越早上路，我赶回来得也就越早。把他的轮椅放在电视机前，他会开心的。他就喜欢动画片。还有电视连续剧。杰瑞·刘易斯①。

你就别担心了，母亲说。就把他交给我们吧。

伊夫琳母子俩还常常来我家串门的那些日子里母亲总是说我们需要给房子修一条残疾人便道，结果他俩突然就不再来了，我们也就没有动手实施她的计划。现在我们只能将巴里这辆特殊的高科技轮椅抬着搬进客厅。

有巴里坐在上面轮椅重得超过了我俩的预计。伊夫琳开车离去后弗兰克从厨房里走了出来，他轻手轻脚地把轮椅抬离了地面，提进了屋里。他很小心，他们进到客厅的时候巴里的脑袋没有撞到墙壁。弗兰克把轮椅和巴里放了地上，又将搬运过程中将巴里瘫倒在一侧的脑袋给扶正了。

老弟，这下好了，他说。

我打开了电视。

我在过道这一头看着厨房里的弗兰克和母亲。他伸手要去打开炉子上的壁橱，结果他的手擦到了她的脖子，看似是无意的。

她看着他。

睡得好么？

她还是看着他。你明知故问。

给巴里喂早饭的是弗兰克。伊夫琳告诉我们他已经吃过

---

① 杰瑞·刘易斯（1926年3月一　），美国著名喜剧表演泰斗，也是电影制作人、导演、电视慈善节目的主持人以及赞助人。对美国喜剧事业影响深远。

了，可是一看到煎面包片他就兴奋了起来，弗兰克就把几片面包切成小块，让他吃。在一天半的时间里这已经是弗兰克在我家第二次给人喂饭了，不过面对巴里时情况有些不同。之前弗兰克将勺子塞进我母亲的嘴唇之间时那一幕看起来太亲密了，我不得不把目光挪开。

吃完饭后弗兰克又将巴里抬到了客厅，将他和轮椅一起摆在了电视机前。巴里的母亲给他穿了一件风雨衣，还给他戴了一顶帽子，我们把衣服和帽子都帮他脱掉了。还不到七点半，可是空气已经变得闷热难堪了。

老弟，你知道么，我想有一样东西你可以试一试，弗兰克说。用海绵擦个凉水澡。

他从壁橱里取出一只碗，装了一满碗的冰块和一点水。他端着碗回到客厅，手里还拎着一条毛巾。他将毛巾浸在冷水中，拧干了毛巾。

他解开巴里的衬衫，用毛巾擦着他滑溜溜光秃秃的胸膛、脖子、像小鸟似的瘦骨嶙峋的肩膀。他还给他擦了脸。巴里发出的声音听起来让人觉得他很开心。他的脑袋平时似乎总是乱转一气，看起来跟身体的其余部分没有什么关系，这会儿却显得稳当多了，他的眼睛直勾勾地盯着弗兰克的脸。

老弟，坐在那把椅子上太热了吧，嗯？弗兰克说。或许今天下午我能把你抱到浴缸里去，让你真正地洗个澡。

巴里弄出了更大的动静。喜悦。

报纸的头版上又在报道高温纪录，还说估计通往海边的公路会出现堵车现象，过度使用空调有可能会导致停电。我家只有一个电风扇。

我想看一看你的腿，母亲对弗兰克说。咱们来看看愈合得怎么样了。

弗兰克卷起裤管。伤口处已经结起了血痂。要是放在别的时候，这种伤口原本就得缝上几针，可是我们都清楚我们没有选择的余地。

他头上扎进玻璃碴子的地方看起来也不那么危险了。弗兰克说要不是切除阑尾在肚子上留下的伤口，他就会帮我们劈柴。劈柴有一个好处，他说，能让你把心里的怒气一股脑地发泄出来，还不会给别人造成伤害。

什么样的怒气？我问他。我可不希望是对我的怒气，因为我做的什么事情。我希望他喜欢我，待在我身边。我已经清楚地知道他喜欢我母亲了。

噢，你明白的，他说。赛季末的红袜队。每年一到这个时候他们就完蛋了。

我不觉得是这么回事，不过我没有吭声。

提起棒球，他说，你的手套呢？我帮你母亲再做点家务，然后咱们投一会儿球，你觉得呢？

巴里和我看完了《神奇四侠》，又看完了《史酷比》。通常母亲不会让我看这么长时间的动画片，但是这一天情况特殊。《蓝精灵》开始后我想换个不那么幼稚的节目，可是巴里吱吱哑哑地尖叫了起来，就像是被踩到爪子的小狗一样，我只好让他继续看《蓝精灵》了。快要结束的时候弗兰克又回到楼下，之前也不知道他去了哪里，反正是在帮我母亲做事，他说自己有心情当接球手，怎么样？

我告诉他我一点也不擅长运动，他叫我不要说这种话。要是你表现得好像很为难的话，事情就真的变得困难起来了，他说。你要相信你是能够做到的。

动荡不安的这些年里我从不允许自己放弃逃出来的念头。我只是在等待时机，保持着积极的态度。寻找着出路。让自己随时做好准备，绝不错失良机。

直到这时我们谁都不曾提起过他越狱的事情。弗兰克竟然主动开口了，这令我大吃一惊。

我绝没有料到阑尾会为我制造机会，他说，但是我早就为跳窗做好了准备。我在脑海里已经反复演练过成千上万次了。每一个动作我都盘算过了——跳窗，还有如何落地。本来不会出任何问题，要不是草丛下面有一块石头的话，我没有把这个因素考虑到。结果我的脚脖子就给弄伤了。

我知道我还需要一名人质，他说。某种特殊类型的人。

他看了看我的母亲。她也看着他。

不过话说回来，这个问题还有待考证，他说——究竟谁俘获了谁？

他将脑袋凑到她的耳边，撩开了她耳边的头发，似乎是要直接对着她的大脑说话似的。或许他觉得这样我就听不见他在说什么了，或者他根本就不在意。

他对她说的是，阿黛尔，我是你的俘虏。

{ 第 十 章 }

———

好久好久，他俩一直做着爱。那时
我还不会说这个词——不仅不说这
个词，其他的说法也不知道。我自
己没有经历过这种事情，从其他人
那里也没有听说过这种事情。

我心想我们就把巴里扔在那里好了，可是弗兰克觉得看着我们玩他也会开心的，就背着他出了屋，把他放在草坪里的扶手椅上，还把那顶在普莱斯玛给自己拿的红袜队的帽子扣在了他的脑袋上。我们距离马路有一段距离，除了巴里，谁都看不到我们。

老弟，你得为你喜欢的队伍加加油，弗兰克对巴里说。

我对他说，你可别抱什么希望。你绝对没见过我这么差劲的棒球手。（或许巴里比我更差劲，不过我不想伤他的面子。）

想要我再说一遍么？弗兰克说。你听到我跟你说过的多想想积极的方面么？

好吧，我说。我要成为继米奇·曼托①之后最伟大的外野手。

曼托不打外野，弗兰克说。不过这样想就对了。

奇怪的事情出现了。弗兰克投的球我都接住了。母亲走出屋，我们把我的手套给了她，让她来当接球手，弗兰克抛

---

① 米奇·查理斯·曼托（1931 年 10 月—1995 年 8 月），于 1974 年被选入名人堂的美国职棒球员，在职业生涯中十八个球季都效力于纽约洋基队，赢得三座美联 MVP 以及入选十六次明星赛，参加过十二次世界大赛，并拥有七枚世界大赛冠军戒指。

球，我来击球。虽然不是百分之百的命中率，但比平时强多
了。别人可能会说他只不过是给我灌了点迷魂汤，事实根本
就不是这样。

他站在我身旁，想象着脚下就是本垒板，他将我的手摁
在球棒上，纠正了我的手肘和手腕的角度，有点像母亲在教
我狐步舞时那样。

看球，他轻轻地说一声，随即就抛出了球。我听到了，
于是我也念叨了一遍，仿佛这句话能让我击中球似的。看起
来这句话的确见效了。

要是我能给你训练一个赛季的话，咱们就能提高一大截
了。

很多的问题只存在于你的脑袋里。你觉得自己很糟糕，
那就会真的很糟糕。

想象一下你从医院的窗户里跳了出来，双脚落地，或许
脑袋上还插着一点玻璃碴子，小腿上也被划破了，可是你出
来了。

亨利，坦白说，我担心的不是你的胳膊。而是你的母亲。

阿黛尔，你应该接受真正的治疗，他说。至于你嘛，培
训你可能得花相当长的时间。有可能得好些年。

看着她哈哈大笑的模样，我突然意识到已经有好长时间
没有看到过这一幕了。现在我成了接球手。投球的仍旧是弗
兰克，不过他离开了自己划定的投球区，朝着站在本垒板上

的她走了过来。他找了个位置，以便用他的长手臂揽着她。

亨利，往我们这边扔过来，他一边说，一边把球抛给了我。

没人当接球手，所以只投一个球。我举起手臂，把球扔了出去。他俩挥动了球棒。接着就听到结结实实的一声爆裂声。球飞了出去。

坐在草坪扶手椅上的巴里发出了一声尖叫。

父亲打来了电话。他和玛乔丽，还有他们的孩子要出去野餐。他想问问原定明天晚上的聚餐能不能提前到今天。说这句话的时候他的声音让我想起人们在电话里装腔作势的样子，母亲叫我帮她一起卖美加美的时候，还有当我敲响再也不想购买维生素片的老顾客家的门，我十分清楚他们一心希望我赶紧滚蛋，他们就能恢复正常生活，再也不需要内疚了。

你和你母亲还好吧？他说。他的声音中透着一股替我俩感到难过的腔调，其实他是希望放下电话，回到另外那几个亲人的身边，跟他们相处要轻松得多。

家里来朋友了，我对父亲说。弗兰克应该会说我的这句话是能够通过测谎试验的。

伊夫琳也打来电话。93号路上堵车太厉害了，她两点才赶到医院。这会儿他们正在等着跟医生谈一谈。她希望巴里可以在我家待到晚饭后。

伊夫琳，忙完了再过来就行了，我听到母亲拿着电话听筒说道。他看上去很不错。

伊夫琳一定是又问了问尿布的情况。她真正担心的其实只是这件事情。他现在是个大小伙子了，我是说巴里。把他弄出轮椅不再是个简单的活了。

母亲没有告诉伊夫琳给巴里换尿布的是弗兰克。而且弗兰克在练习完棒球后将巴里抱回了屋里，还给他擦了个澡，浴盆里倒满了冰块和剃须膏。我坐在自己的房间里，听得到他俩的动静：巴里轻轻地咕咕叫着，弗兰克吹着口哨。

我太白痴了，弗兰克说。老弟，我都忘了介绍自己了。我叫弗兰克。

巴里又叫了一声。

没错，弗兰克说。"弗兰克"。我的祖母管我叫弗兰基。怎么称呼我都行。

他又给我们做了饭。母亲坐在案台旁边，跟他喝了一瓶啤酒。她翻出来一把中式折叠扇，大概是以前表演固定节目时留下的。这会儿她正为他扇着扇子。

阿黛尔，我敢说你能拿着它为我跳一段很棒的舞，弗兰克对她说。你大概还有些相当耐看的行头配它。谁知道呢。

天太热了，谁都不觉得饿，不过弗兰克用剩下的一些桃子和家里仅存的一瓶辣酱做了一盆冰镇咖喱汤，那瓶辣酱都放了好长时间了，还是有一次叫外卖时留下的。然后母亲又调了几杯根汁汽水冰淇淋，巴里和我坐在后院里，从那里看不到杰维斯家的地上游泳池，不过我们听到了那个患有哮喘的姑娘和她的弟弟拍水的声音。后来蚊虫越来越多，我们就进了屋，打开了电视。电视上正在播《第三类接触》。弗兰克将巴里耷拉在脖颈上的头发撩了起来，给他的脖子上敷了一块冰凉的毛巾。母亲做了爆米花。

我们听到伊夫琳的车停在了门外，弗兰克轻手轻脚地上了楼，这是他俩之前就商量好的。对伊夫琳来说这里只有我们三个人。我和我的母亲，还有她的儿子。

她已经走进了客厅。她说她父亲的病情已经稳定下来了。虽然还需要精心的护理，不过已经脱离危险了。阿黛尔，我该怎么报答你啊？她说。

我知道母亲只希望他俩赶紧离去，可是伊夫琳刚刚开了两个小时的车。看起来你应该喝上一杯凉水，母亲对她说。

她拿着水回到客厅的时候新闻节目刚好开始了。最新报道。白天持续高温时居民的用电情况给本地区造成了严重的电力供应问题，接下来还有一个漫长炎热的假日周末。

新闻播音员说，观众们，我们知道天气很热，可是公共服务处的工作人员恳请我们尽量关闭空调。如果实在无法忍受高温，请试着冲冲凉。

在另一条新闻中他又说警方自周三以来在三州交界处对那名逃犯展开的搜捕行动仍在继续。

弗兰克的照片突然跳了出来。之前巴里似乎只是勉强意识得到自己周围的环境，当弗兰克的身影占满了整个屏幕时他突然挥舞着手臂，叫喊了起来，就好像是在跟老朋友打招呼一样。他喊叫着，拍拍自己的脑袋，又拍了拍电视。

我知道以前在跟我母亲聊天的时候伊夫琳总是在说别人一直低估了她儿子的智商和理解力。有一段时间她四处奔走，希望能将巴里转入正规班级就读。这会儿巴里一边叫一边挥着手臂，她却似乎没有注意到他的躁动和兴奋。他的手臂比平时甩得要剧烈得多，两只光脚朝四处乱蹿着，平日里他的眼睛似乎总是无法聚焦，这会儿却死死地盯着电视屏幕。

儿子，该带你回家里了，他母亲说道，她的声音听起来疲惫不堪。

我们三个人——伊夫琳、我母亲和我——一起将轮椅抬出了门，抬到了夜色中，然后将轮椅放在了走道上。我们看着巴里的母亲推着轮椅上了坡道，进了小货车的后车厢，最后给巴里系上了安全带。后门关上时我看到了巴里的脸。他还在叫喊着，一直喊着同一个音节，这还是我头一回听懂了他在说什么。

他一遍又一遍地说着，虽然不够准确，但还是听得明白——**弗兰克**。

这天夜里，我又听到了他俩的声音。他们一定知道两间卧室之间不隔音。似乎他们根本就不在意谁会听到他俩的声音，也不在意包括我在内的其他人会怎么想。他俩在自己的房间里，可是那里却像是另外一个国度，另外一个星球。

好久好久，他俩一直做着爱。那时我还不会说这个词——不仅不说这个词，其他的说法也不知道。我自己没有经历过这种事情，从其他人那里也没有听说过这种事情。为数不多的几次在父亲家过夜的时候也没有碰到过这种事情，尽管他和玛乔丽就睡在一张床上。我也想象不出邻居们的家里都是怎样一幅景象，电视上也没有出现过这种画面，那个年头每星期夏威夷神探只是俯身亲一亲漂亮女郎，《爱之船》中扮演情侣的客串明星也只是在月光下相互依偎着。

对于墙板另一侧的母亲和弗兰克，我觉得——尽管我使劲让自己打消这种念头——他俩就像是遭遇了船只失事流落到了一座小岛上，小岛远在天边，谁都找不到他俩，除了彼此的肌肤彼此的身体以外他俩抓不到任何东西。或者甚至都不是一座岛，只是飘零在大海上的救生筏，而且救生筏已经四分五裂。

床头板有时候会把墙板一连撞击上好几分钟，就像乔在笼子里的转轮上无休无止地跑着圈的时候弄出的声响一样规律，一样固定不变。有时候他俩的声音就更难让人干躺在那里听着了，那声音就像是一窝动物幼崽发出的动静一样。鸟叫，或者小猫的叫声。然后又是一声低沉缓慢、心满意足的吼叫，就像是守在火边，趴在地板上，还有一块骨头的狗发出的声音一样，它正在啃着骨头，竭尽全力地舔着最后一丁点像是肉的东西。

时不时地还传来几声人的声音。阿黛尔。阿黛尔。阿黛尔。

弗兰克。

我始终没有听到他俩提到爱，仿佛他俩已经超越了这个部分。

我知道这种时候他俩是不会想起躺在墙板另一侧的我，还有我的爱因斯坦招贴画，我收集的矿石，我的纳尼亚，"阿波罗"十二号宇航员的亲笔签名信，还有《一千零一个派对笑话》，还有我保存的一张萨曼塔·惠特莫尔承认我的存在的字条：你有明天的数学作业么？

这种时候他俩不会想起滚滚热浪，也不会想到节电的问题，或者红袜队、桃子馅饼、开学大采购，或者他的阑尾伤口缝线，我看见过那些缝线，知道小腹上的缝线部位还没有消肿，小腿肌肉上被玻璃划伤的地方也是一样的。他俩不会考虑三楼的窗户和电视上的新闻主播，或是警方设置的路障和直升机，前一天我们听到直升机在镇子上空盘旋了整整一个下午。他们指望发现什么？血迹？有人被绑在树上？篝火，还有一个男人守在旁边烤着松鼠肉?

只要我们待在屋里别人就不会知道他在我家。白天不好说，但是晚上肯定不会有人来我家。我们三个人更像是在绕着地球轨道运行，而不是住在地球上。

也不完全是这样。这是两个加一个的组合。他俩就像是"阿波罗"上的宇航员，绕着月球表面一起移动着，而他们可靠的伙伴则待在太空舱里，操控着仪表板，确保不会出现差错。在遥远的下方，地球上的居民等待着他们重返故土。可是时间暂停了下来，就连大气层都消失了。

{ 　　第十一章　　 }

———

他俩要走了，要丢下我。我还一直想象着我们三个人在一起的生活，比方说在院子玩球的时候，结果只是他俩。我被丢下了。从他们的话里我听到的就是这个意思。

又到了清晨——已经到了星期天，我们得面对现实了。这天下午父亲随时会过来接我，其实他根本不情愿带我出去，我也同样不乐意跟他出去，但我还是得去。

下个星期三就要开学了，七年级了。跟刚刚结束的六年级相比，七年级也没有多少值得期盼的，只是在我经过走廊时低声叫着**同性恋**和**傻逼**的那群男孩现在变得块头更大了，而我看起来还是跟以前一样瘦小，尽管母亲一口咬定美加美在我身上见效了。

这个夏天姑娘们的乳房应该也长起来了，大概吧，可是这样一来就更麻烦了，每次从座位上站起来，去别的教室上课的时候要想遮掩那些乳房对我的影响力就更难了。看着我抱着书，裤裆鼓成那个样子，从社会研究的教室走到英语教室，英语教室到自然课教室，从自然课教室去食堂吃午饭的一路上，谁会注意不到我这可怕的秘密？都不需要有人注意到，百无一用的老二支楞在那里，坚韧不拔地显示着自己的存在，就跟艾莉森·斯莫特在社会研究课上一直举着手，等着发言一样。不过老师从来没有点过她的名，大家都知道她一旦开了腔，谁都无法让她再闭嘴了，以前我们都领教过的。

还有篮球选拔赛。接下来还有班干部竞选。他们还在筹备秋季音乐会。学校里一伙又一伙的大人物在餐厅里霸占着座位，其他人都很清楚地意识到那些座位我们连想都不要想。校长要做一次有关同辈压力和毒品的讲话；生理卫生课的老师已经让我们知道现在我们还太小，不适合发生性行为，他接下来就要让我们看到避孕套是什么样的，还要把避孕套套在香蕉上，好像接下来的十年里我会用到避孕套，没准他以为我已经用过了。

弗兰克对我说，想象一下你希望发生的事情，当时他就站在临时堆出来的投球区上。不过我基本上都是躺在床上想象的。

我想象着雷切尔·麦凯恩为我脱掉了乳罩。瞧瞧一个夏天大了多少？她说。想摸一摸么？

我想象着自己正在忙着转动储物柜上的密码锁时，有个我都不认识的姑娘在我身后伸手蒙住了我的眼睛，扭着我转过了身，还把舌头伸进了我的嘴里。我看不到她的脸，但是能感觉到她的乳房压在我的身上，她的舌头碰着我的牙齿。

亨利，你干吗不开一次车？母亲说。你觉得咱们去海边怎么样？

只是不光只有母亲和我。是我们三个人，她坐在后座上，我来开车，弗兰克坐在我旁边，确保我不会出错，就像当爹的那样，只不过他不是我的父亲。

你们觉得出城一段时间怎么样？弗兰克说。去北边。试试其他地方。

我们把乔的笼子放在我母亲的身旁，或许还有几本书、一副扑克牌，此外必定还有母亲那盒忧伤的爱尔兰民谣集和她的几套衣服。没有吃的。饿的话我们就去餐馆。我还要带上我的漫画书，但是不会带益智书。我这才意识到以前之所以那么喜欢益智书是因为没有其他事情可做，可是现在有其他事情要做了。

事实的确如此，这真叫我感到吃惊，不过没准我还把棒球和手套也扔进了后备厢里。以前我总是听从父亲的意见，认为练习传球接球时应该保持高度的紧张和恐惧，可是跟弗兰克在一起投球接球感觉好极了，跟他在一起我一点也不荒唐可笑。

我们一路北上，一直开到缅因州，一路上都开着广播。半道上我们在一个摇摇晃晃的船上餐厅——就在老果园海滩——停了车，吃了龙虾三明治，母亲吃了炸鱼薯条。

小伙子们，这东西吃起来比安迪船长强太多了，她一边说，一边给弗兰克喂了一口。

你的龙虾三明治怎么样？他问我。可是我的嘴巴里塞得满满的，没法作答，只能龇牙咧嘴地笑了笑。

我们还点了柠檬汁，然后又吃了蛋筒冰淇淋。坐在旁边那桌的女孩穿着背心裙，毕竟又是夏天的气温了，没准还是印度的夏天，她也正举着一支蛋筒舔着，不过这会儿她把手放了下来，冲我挥了挥手。她根本不知道我在以前那所学校里是什么样的人，我的母亲在以前那个镇子里时是什么样的，对弗兰克上了报纸的事情也一无所知。

我看你带着一本《凯斯宾王子》，她说。这是我最喜欢的书。

然后她还亲了亲我，不过跟其他女孩亲吻的方式不一样。她亲得又长又慢，我俩接吻的时候她的手紧紧地抱着我的脖子，还轻轻地抚摸着我的面颊，我的手捋着她的头发，然后又摸着她的乳房，非常轻柔，当然这时我的老二又硬起来了，不过这一次我不再感到害臊了。

孩子，你母亲和我想去沙滩上走一走，弗兰克对我说。我突然意识到他的出现有一个最大的好处。我再也不需要哄母亲开心了。这项工作现在归他了。我终于可以自由自在地去做别的事情了。比方说，我自己的生活。

炉子上又熬着咖啡。连续第三个清晨了，我几乎已经习惯了这种生活。我的床单又一如既往地湿了一块，不过我不再那么焦虑了。母亲不再盯着我的换洗衣物了。她的心里正惦记着别的事情。

我下楼的时候她已经起床了。他俩坐在厨房里的餐桌旁，报纸就摊在桌子上。前一天在温尼珀索基湖上有一家人翻船了，现在人们正在打捞父亲的遗体。北康韦有一位老太太在参加老年折扣店之旅时在旅游车上心脏病发作，死掉了。红袜队仍旧保持着第二名的位置，还有接下来的季后赛。人们重新焕发了对九月的希望。

不过母亲和弗兰克正在读的可不是这些报道。或许他们已经读过了，或许看到头版的大字标题他们就没有再读下去了——"警方正在加强对逃犯的搜捕"。当局设立了一万元的悬赏，只要能为警方提供消息，帮助抓获周三从斯丁奇费尔德监狱逃走的囚犯，提供情报的人就能得到这笔赏金。按照一些官员的推测，考虑到假日周末的情况，再加上他们认为该名男子伤势严重，而且还处在术后恢复阶段，所以他应该仍在附近一带，有可能手头还有一名或多名当地居民为人质。警方不确定该名男子是否携带有武器，不过无论如何他都是一名危险分子。若有人看到他，切勿试图将其俘获。报道上说请立即联系当地警方。一旦抓捕成功警方将立即支付赏金。

我去了前厅。距离上一次给乔打扫笼子已经过去好几天了。我抓起乔，把它放在了臂弯里，给笼子里新换了一张报纸。我没有用印着弗兰克头像的那张，虽然那份报纸就搁在架子上。铺在笼子里的是体育版。

平时每到这个时候乔都在轮子上跑圈圈。每天清晨他总是要先活泼上一阵子，可是今天我去前厅的时候它却躺在笼子里，喘得很厉害。可能是因为天气太热。在这样的大热天里除非迫不得已，否则谁都不愿多动弹一下。

我在前厅待了一会儿，给它顺了顺毛。它轻轻地啃着我的手指。纱门外传来了母亲的声音，她在跟弗兰克说话。

我还有点钱，她对他说。母亲过世后我卖掉了房子。这笔钱还存着。

阿黛尔，你得用钱。你还要养活儿子。

你得去个安全点的地方。

要是你能一起去的话。

你这是在邀请我么？

是的。

这天吃午饭的时候弗兰克告诉我俩他肚子上的伤口，就是他们切开的地方已经好多了。他当初就应该让医生给他留着阑尾，找个罐子之类的东西保存起来，他说。我还想瞧瞧促成这一切的小家伙到底长什么样，他说。

让我逃出来。遇见你们。

我俩都坐在餐桌旁，不过我猜他指的只是我母亲。

他还没有跟我们说过他坐了多久的牢，也没有提过他原本还应该在里面待多久。我本来可以从报纸上看到这些消息，可是这样做感觉就像是在作弊似的。跟盘问他为什么坐牢是一样的。

他俩在厨房里，在洗盘子。以前这都是我的活，现在我不需要再干这种活了，我在客厅的沙发上躺了下来，不停地换着频道，一边听着。

他说在这个地方醒来感觉真不错（应该是指我母亲的床，而且身边还有她陪着），除非有一天我能搂着你的腰走在街上，否则我不会认为我真正拥有了自由，阿黛尔。我就是想过日子。

新斯科舍①，她说。爱德华王子岛②。那里不会有人找你的麻烦。

他们可以养鸡。有一个花园。湾流从门前流过。

我的前夫绝对不可能让我把亨利带走，母亲说。

那样的话，你明白自己在说什么的，对吧？他说。

他俩要走了，要丢下我。我还一直想象着我们三个人在一起的生活，比方说在院子玩球的时候，结果只是他俩。我被丢下了。从他们的话里我听到的就是这个意思。

不久——不会是今天，银行已经关门了，也不可能是明天，还是同样的理由，但是过后他俩就会开着车上银行去。母亲最后一次进银行已经是好几年前的事情了，不过这一次

① 新斯科舍省，简称"新省"或"诺省"，是加拿大东南岸的省份，全国第二小的省份。
② 爱德华王子岛，加拿大东部海洋三省之一，全境包含了与省同名的岛屿及周遭的离岛，人口和面积都是全国最小的。该省就在新斯科舍省的北部。

她就会进去。这一次她还会亲自走到柜台跟前，跟出纳员说自己要取钱，弗兰克等在车里。十分钟后——数钱可能需要些时间——她回到了车里，胳膊上还挎着一袋子钱，然后将钱放在车里的地板上。

他会说一走了之，怎么样？以前我在西部片里听到过这种话。

母亲则会说我会想死他的。她指的是我。没准说到这里她还要哭起来，不过他会安慰她，没多久她就不哭了。

弗兰克会对她说你还可以再生一个。就跟你前夫一样。咱们一起把咱们的孩子拉扯大。你和我。

不管怎样，你儿子不会出事的。他可以搬去跟他父亲一起生活。还有继母和那两个孩子。他们会过得很幸福的。他父亲会帮他练习棒球。

我也不想这样，可是那幅画面不停地闪现在我的脑海中。他抚摸着她的头发，对她说我其实已经不再需要她了。她枕着他的肩膀，相信了这些话。

弗兰克会对我母亲说他已经不是孩子了。我无意中发现现在他一心想的只是怎么钻进姑娘们的裤裆里。他已经长大了。要是你不相信的话，看看他的床单就知道了。到了这个年纪，男孩子心里想的就只有一件事情。

雷切尔·麦凯恩的大腿。莎朗·桑德兰的内裤。拉斯维加斯舞女的奶头。

他会对她说，阿黛尔，该让自己换一种生活了。"一日丈夫"的把戏玩够了。从此以后弗兰克就是她的丈夫了。

进去的时候我弄出了很大的动静，不过有时候我也不清楚这样做是否有用，母亲和弗兰克完全沉浸在自己的世界中。在那个世界里就只有两个人——她和他。不过等我走到冰箱跟前，想拿些牛奶浇在麦片上——终于喝到一次真正的牛奶，这都是弗兰克的主意——他俩正在聊着别的事情。他看到浴室的淋浴器旁边有一块渗了水的油毡布已经干腐了。他想今天把这个问题解决掉。揭掉瓷砖，还有下面烂了的木板。换上好的。

或许在这里待不了几天了，没必要改造了，她说。

还是需要的，他说。出现这种状况最好还是处理一下。我不喜欢把麻烦留给别人。

没错，这就是证据。他俩要走了。我呢？

Chapter Twelve

{　　**第十二章**　　}

———

就在这时他搡了她一把。无疑他是
想要弄疼她，可是他没想要推倒她。
她的脑袋撞在了大理石门阶上，她
滚了下去。血从耳朵里淌了出来，
仅此而已。不过她的脖子断了。

吃早饭的时候弗兰克给我们讲了讲他小时候生活的那个农场，就在马萨诸塞州的西部。他的祖父母经营着一个自助农场，地里基本上都是蓝莓，不过最后一些年他们还在农场里种了些圣诞树，到了秋天还会弄些南瓜。七岁的时候他就已经开着拖拉机在田垄间犁地了，还给小鸡喂食，打理农场里的树。那些树可不会自然而然地长成圣诞树的模样，全都是靠人修剪出来的。

他祖父母家的前院非常醒目，他们就在那里卖东西，到了浆果成熟的季节还有他祖母做的果酱和馅饼之类的东西。弗兰克基本上整天都在铲鸡屎——请原谅他的措辞——而不是干农活，所以在祖父去世之后祖母就雇了一个女孩帮工。曼蒂，当地的姑娘，比弗兰克大一岁，身世很不幸。她的母亲跟着别的男人跑了，她从来不知道自己的父亲是谁。遇到弗兰克的时候她已经辍学了。她住在姐姐家，帮别人家打扫卫生，做做力所能及的零活。比如在钱伯斯农场打工。

高中毕业的那个夏天他开始跟她约会了，如果那种交往也能被称为约会的话。大多数时候两个人就是开着车四处溜达，听着广播亲热一会儿。

当时我还是个处男，弗兰克对我母亲说。跟以往一样，他俩聊这种话题的时候似乎全当我不存在似的。或许他俩的确看不到我。

那年秋天他上了船，去了越南。为期两年的服役。最好还是不要详细讲这些事情。他原本打算返乡后就去上大学，可等他回去的时候他就只希望找个清静的地方待着。还不算太严重，不过那时他已经出现了夜惊的症状。他再也没有睡过一个安稳觉。

他不在家的时候曼蒂给他写过信，三封。他刚刚离去后她写了一封，说自己会想念他的，还会为他祈祷，不过他倒没觉得她像是平日总会做祷告的那种人。或许她是觉得有个在海外的男朋友还挺不错的。

那年他再也没有收到她的来信，第二年几乎整整一年也是如此。结果，在服役期即将结束的时候他又意外地收到了一封长信，信写在横线纸上，跟上一封一样还是那种朝前栽的圆滚滚的字体，字母"i"上的圆点也仍旧是张笑脸。

她在信中讲述了小镇上的新鲜事。一个他俩都认识的男孩把手伸进了干草压捆机里，结果丢了一只胳膊。几个月前还有一个男孩开着车撞在了迎面驶来的旅行车上，那辆车上坐的一家死了三个人。她还把镇子里的几个老人的讣告剪了下来，有些是他祖母的朋友，他们都属于自然死亡，还有一个人是给他们送牛奶的，这个人有一天把卡车开进了车库，然后关上车库门，打着了发动机。没有留下遗书。

很难说得清她为什么要告诉他这些不幸的消息，最多也就是让他觉得越南战争还不算太糟糕，或者说世界各个角落都一样悲惨。生命苦短，何不当断立断？

他还没来得及回信的时候又收到了一封信，尽管当时他还不到二十一岁，可是前后两封来信让他觉得人这一辈子悲剧和死亡如影随形，无处可逃，只有柯尔比先生那天开车进了车库，打开点火开关多少算是一种逃脱。即便他曾以为重返故土会让状况有所好转的话，这种想法也早就成老皇历了。

她在信中说自己开始倒计时了，直到他回到家的那一天。她说自己还做了一张日历，用胶带贴在姐姐家的墙壁上。等她去接他的时候他希望看到她把头发扎起来，还是放下来？

他不记得自己要她当他的女朋友，也从来没把她当作过女朋友，眼下看来这一切都是真的，水到渠成的事情，就像蓝莓丛会生霉菌，到了晚上无须有人赶小鸡就知道回窝一样。他也没有更好的打算，那么干吗不呢？

他下飞机的那天她赶到了德文斯堡。比他印象中的丰满了一些，腰粗了一些，不过也有不错的变化，上面大了起来。在西贡的时候他跟女人有过几次，在赶赴前线的时候在德国也有过一次，不过自从收到曼蒂的那两封信之后他就打定主意，回家之前决不乱来了。忍住，直到见到她。

他的祖母为他解决了住处，只是在她的后院，不过房子里带着独立的卫生间，还有一台小冰箱和轻便电炉，这样他就会觉得拥有一套属于自己的公寓。她开着车把他送到了这个家，他的祖母正等着他。她看起来比以前衰老了很多。他走进屋的时候电视上正在播《大赢家》①，观众席上的人全都在叫喊着，他恨不得一把捂住自己的耳朵。

祖母，关掉好么？他说。可是关掉电视也没有什么作用。在田里，有人开着刈草机，她的衣服在滚筒洗衣机里转着，还有广播也开着。谷仓里有人在收听球赛转播。咆哮。他都不清楚其他人是否也能听到这些声音，或者这些声音全都来自他自己的脑袋。

弗兰基，我给你做了午饭，她说。我猜你饿了。

祖母，给我点时间，他对她说。我就想躺一会儿。冲个澡什么的。

他的确是这么想的。可是，他们进了祖母给他准备的房间，这时曼蒂还抓着他的军装，就像《大赢家》里的女人紧紧抓着主持人蒙提·霍尔不放一样，然后她锁上了门，放下了百叶窗。

终于可以办事儿了，她说。

他想告诉她自己很累。明天，甚至几天后可能才会有心情。可她已经解开了他的夹克。然后她就蹲了下去，开始给

① 《大赢家》，美国一档电视游戏节目，开播于 1963 年，至今仍在继续播出，以因节目而产生的"蒙提·霍尔悖论"而出名。

他解鞋带。她早就脱掉了自己的衬衣，解开了胸罩，她的胸罩是前系扣的，这会儿她的乳房就坠在外面，比他记忆中的大了一些，那对乳头又大又黑。

她说，我打赌你都想死这种事儿了吧，对不对，宝贝儿？你干过的都是黄种丫头吧？你大概都忘了美国屄是什么滋味了吧？

他之前还担心自己都没法硬起来，结果还是硬了起来。她给弄硬的。

你尽管躺着，好好享受吧，曼蒂对他说。交给我吧。

或许有五分钟多，或许不到五分钟。完事后她跳下床，看了看自己脸上的妆容。总是长着一粒青春痘，她说。

结果她已经把自己的衣服全都搬过来了。内衣、香体露、发卷、洗发水、发胶，甚至套装美甲工具。这天夜里，等再次跟他回到房间里她问他想不想再来一次，他说自己坐飞机坐得有点累，还说了点别的原因，她也就没再勉强他了。

最好还是提醒你一下，她说。今天下午你太亢奋了，我都没想起来让你套个套套。但愿我的日子还没到。我姐头一次就怀上了，杰伊干的。结果这事儿自然而然地成了大好事。这个孩子就是她的外甥女詹妮尔。

几个星期后她告诉他自己没来例假。又过了几天她告诉他检查结果为阳性。看来你要当爹了，她说。说这句话的时候她的声音里透着一种排练过的腔调。或许就在开车从城里回来的路上。她还买了孕妇上衣。**车内有宝宝的汽车贴纸。**

我想你存了好久了，你的那些精子比普通精子壮实三倍，她说。

她就是这么说的。精子。

仿佛它们一直在台下候场，只等卡罗尔·梅丽尔①引它们上台一样，所有的婴儿用品一下冒了出来：摇摇吊床、护栏、折叠桌、高脚椅、更多的孕妇装，还有松紧腰的孕妇裤子，还有预防妊娠纹的乳霜，她要他帮她涂在肚子上，她说这样就能让他更强烈地感到自己也参与了怀孕过程。

她从蒙哥马利沃德百货公司订购了一架婴儿床、一个婴儿推车和婴儿床吊饰。她按照自己的喜好弄了一份女婴名字的名单。如果是男孩的话，当然就跟从弗兰克的名字。她的个人物品几乎全都搬到了弗兰克祖母的房间里，衣柜里装满了她的衣服，五斗橱也只给祖母留了一个抽屉，祖母房间的墙壁上还钉着她那张瑞恩·奥尼尔②的海报，她说这是世上仅次于弗兰克的大帅哥。她说现在他俩或许可以把东西向其他房间分散一下，毕竟他的祖母也就一个人，而且年纪也那么大了。比如她的缝纫间非常适合做婴儿室。他俩应该再买一台大一点的电视。

等他意识到问题的时候一切已经太迟了。产生这个念头的时候他俩已经结了婚。曼蒂当时已经怀了七个月，孩子应该在情人节左右出生，结果他们的儿子在十二月就降临了人

---

① 卡罗尔·梅丽尔，美国电视游戏节目《大赢家》中的助理主持。
② 瑞恩·奥尼尔（1941年4月一 ）出生于美国加利福尼亚州洛杉矶，为美国著名男演员。

世。弗兰克站在浴室镜子前刮着胡子，水池和马桶上方的架子上摆满了她的化妆品。他不明白女人在走进现实世界之前究竟得用多少化妆品，当然这种女人不包括他的祖母，但曼蒂肯定是的。在他回到家的第一天曼蒂就把这些东西全都搬过来了，她的洗漱用品和化妆品，头发护理用具，各种乳霜和喷露，睫毛夹，用在上嘴唇的漂白液，奈尔腿部脱毛剂，护垫和女用香体露。

有一样东西她倒是从来不用。还是她姐姐过来探望他俩的时候他才明白了这一点，她从沙发上站起身，说，哎哟，大姨妈来了。曼蒂，你有卫生巾么？

尚未验孕的时候，在她摊开的那一堆女性用品中就始终没见到卫生巾或棉条。仿佛她从那时起就知道好长一段时间自己不再需要这些东西了。

弗兰克讲述自己的婚姻状况时他俩就坐在厨房里。我也坐在餐桌旁，埋头于益智书里的谜题。在他提到美国屄的时候母亲扭头瞟了我一眼，好像她突然想起来自己还有一个儿子，不过我当时正勾着脑袋琢磨一道谜题，嘴里还咬着铅笔，仿佛我这辈子关心的就只有那一页书了。她要么以为我没有听到，要么就是觉得我听也听不懂，也有可能她知道我听得懂，但是对这种事情根本不上心。的确如此，在那天弗兰克跟着我俩从普莱斯玛回家之前很久以来母亲曾跟我说过其他母亲绝对不会跟孩子提起的事情。我知道电信公司中断服务的通知，也知道经前综合征。我听说过有一次一个男人想要强奸她，那时她还没遇到我父亲，她还在波士顿，正打算辞去餐馆服务员的工作，幸好厨师及时赶了出来，拉住了那个男人，结果厨师就觉得自己有恩于她。

我过去常常听到这些事情。弗兰克讲的没有什么特殊之处。唯一不同的只在于讲述者是个男性。所以我以前从来没有听到过这种说法，美国屄。在讲到这一段的时候弗兰克说，请原谅我的粗话。似乎既是冲着我，也是冲着我的母亲。

曼蒂进了医院，弗兰克和祖母坐在外面的等候室。他说那年头就是这样的。

那天祖母对他说，弗兰基，我觉得我辜负了你。在你回家后一切都发生得太快了。我一直希望你能上大学。在一切开始之前花点时间想明白自己究竟想要什么。

没关系的，奶奶，他对她说。那时他才刚满二十一岁。他娶的这个女人整天下午都在看电视，跟姐姐打电话的时候聊的也都是《我的孩子们》①中那些人物的生活。在他从越南前线回来后，经过最初的一阵兴奋之后她对性生活就失去了热情，他还指望着等孩子出生后情形会有所好转。那段日子她还跟他说如果他的祖母能重新划分一下地皮，给他俩一片地，那样他俩就能弄一辆拖车回来，或许还可以贱卖掉一

---

① 美国一部连续播出四十一年的长篇肥皂剧（1970—2011）。

小块地，买上一辆露营车。不管怎么说，圣诞树的生意能有什么前途？他真以为她就希望跟一个每天晚上回家时满手糊着树液的男人共度余生么？

面对现实吧，她说。如今大部分人都更愿意买人造的圣诞树。一次消费就够用一辈子了，也没有松针掉上一地，然后堵住吸尘器。

他坐在等候室，他的妻子正在医院里生产，突然他意识到回到家的这几个月里这还是头一次他跟祖母单独在一起。他一直围着曼蒂和孩子打转转，忙着结婚，忙着购物。

你还没跟我说过那里究竟是什么样子的，祖母说。她指的是丛林，他和战友在一起时的情形。我看到的就只是新闻和《生活》杂志里出现的画面。

跟你想的差不多，他对她说。没什么特别的。你明白的。战争。

你的爷爷也是这副腔调，她说。每次我问他太平洋战争中究竟出了什么事儿，他就总是说自己想要给割草机换个新刀片，或者再买些鸡仔。

刚开始生产时他们给曼蒂提供了脊髓麻醉的选择，她很开心地接受了。这天夜里护士从产房里走了出来，怀里抱着他们的儿子。

怀孕期间他们一直忙着讨论摇摇床、手推车、车用婴儿提篮、婴儿服之类的事情，他差点忘了到最后会有一个婴儿出现。他们把毯子放在他的怀中，里面裹着正在蠕动的暖乎乎的小弗朗西斯。一只小手从毯子里伸了出来，纤长粉嫩的手指，看起来似乎都该给他剪剪指甲了。在看到小脸之前弗兰克先看到了儿子的小手，似乎是在挥手，或者在祈求什么。

他长了一头的头发，令人吃惊的是一头红发，他的身子很长，在肚脐眼的位置上还挂着一个塑料夹子，小鸡鸡那么小，可是很完美，不像弗兰克的已经割过了包皮。两颗睾丸出奇的大，同样也很完美。耳朵看上去就像是一对小贝壳。他的眼睛大睁着，不过护士说现在还无法聚焦，从表情上看他似乎直勾勾地打量着弗兰克。

他还没经历过坏事。对他们的儿子来说生活是完美的，不过从这一刻起一切就要改变了。

不知道为什么，看到孩子时，或许就是因为没有血色、赤身裸体、毫无自我保护能力的身体，弗兰克突然想到了过去两年看到的情景，他和战友在挺进丛林的一路上穿过的那些村庄。他不愿想起那些孩子。在其他环境下向他伸出的手。

他突然感觉到一声咆哮，接着又是一声尖叫。是地板抛光机，仅此而已，可是一听到这种声音弗兰克就用手捂在了小弗朗西斯贝壳般的耳朵上。

太吵了，他说。话音刚落他才意识到自己几乎是在喊叫，仿佛别人不是在给地板打蜡，而是在进行一场枪战。

我相信现在你希望看看你的妻子，护士对他说。**他的妻**

子。他差点忘了她的存在。

他们把他带进了产房，护士从他怀里接过了孩子，他的两只胳膊空了出来。他知道自己这会儿应该做点什么，搂住她？摸一摸她的脖子？在她的额头上放一块凉毛巾？他耷拉着胳膊站在那里，难以动弹。

真棒，他说。一个真正的宝宝。

我终于可以恢复身材了，她说。

哺乳会毁了乳房的，她说。她看到詹妮尔在她姐姐的身上吊了七个月之后她姐姐的乳房变成了何种模样。至少，用奶瓶喂奶的话弗兰克还可以搭把手，事实上给孩子喂奶的的确是弗兰克。半夜三更孩子一哭起来，爬起来热奶，在黑暗中抱着孩子坐着的是弗兰克，就坐在他祖母的厨房里，怀里抱着儿子，看着他的小嘴一张一翕地吮吸着奶嘴，然后他再把他抱回房间，轻轻地拍着他的后背，等着他把嗝打出来。有时候等孩子打完嗝他还会继续熬一会儿，抱着孩子在屋里走来走去。他喜欢这种时刻，只有他俩的时刻。

有时候他还会跟儿子说说话。如果曼蒂听到他对小弗兰克说的这些话，那她一定会说他有精神病，但是在夜深人静，只有他一个人的时候他就可以详详细细地跟小弗兰克讲一讲钓黑鲈和修剪树木的事情，还有十四五岁的时候他的祖父带他去了地里，藤上刚刚结出南瓜，祖父告诉他他可以找一个南瓜，随意在上面刻点什么。他用爷爷的折叠刀把自己喜欢的一个女孩的名字刻在了南瓜上，帕米拉·伍德，缩写而已，旁边还刻着他自己的名字。他打算在万圣节的时候把这个南瓜送给她，可是十月份的时候她已经跟篮球队的一个家伙出双入对了。

在夜里，他给小弗兰克讲了自己的第一辆车，告诉他你必须查看汽油的情况，他自己就忘记过，第一辆车的发动机就是这么被烧毁的，不过祖父没有责怪他。

一天夜里，他俩就这样走了好几个钟头，他对小弗兰克讲起了那场车祸。他坐在旅行车的后座上，听到母亲在呻吟，却什么也做不了。他还给小弗兰克讲了他们去过的那个村庄，他和当时排里幸存的几名战友，就在那个村子里一枚手榴弹在田纳西来的那位兄弟脑袋跟前爆炸了，他发了疯。还有棚屋里的那个女人。她坐在席子上，身旁还坐着一个小女孩。他从未跟别人说起过这些事情，那天晚上他一股脑地讲给了儿子。

曼蒂喜欢给孩子穿戴周全，带着他在购物中心走一走。他们在西尔斯商场照了张照片，身后的背景布上画着群山环抱的田野。弗兰克的手臂搭在曼蒂的肩头，曼蒂把小弗兰克举在胸前，他的一头红发梳得整整齐齐。弗兰克担心闪光灯会对孩子的眼睛造成伤害，听到他的话曼蒂却只是哈哈大笑了起来。

你该不会把他养成一个娘娘腔吧，是不是？她说。是男孩就得坚强点。

从医院出来，几乎刚进家门她就开始急着往外跑。我要疯了，她说，整天跟你的祖母坐在这里，听她唠叨着那些老皇历。

于是弗兰克就带她出去吃饭，一家意大利餐馆，点了红酒，桌上还摆着蜡烛，融化的蜡油就像彩虹一样浇满了插着蜡烛的酒瓶，不过面条吃起来就像男厨牌罐头一样。拿到账单弗兰克心想这么多钱都够他在家搞出一顿像模像样的大餐了。祖母做的千层面比这可强多了。

而且把小弗兰克交给祖母照看也让他有些担心。一年前她刚刚中过一次风，不太严重，可是医生说复发的可能性很大。万一看着宝宝的时候她突然发作了？

就这样弗兰克基本上整天待在家里，在夜里也是他在照顾小弗兰克，曼蒂就可以跟姐姐或者其他女孩子出去玩了。她找到了一份工作，就在公路旁新开业的温蒂汉堡。

有一次在商场的时候一对夫妻从他们身旁走了过去，那个女人怀着身孕，看起来还有几个月才能生产，那个男人搂着她的肩膀。他俩看起来很年轻，跟弗兰克和曼蒂一般大，这倒不是说弗兰克觉得自己还是年轻人。这个男人相貌堂堂，有些红头发的男人就是这副长相。也说不上跟瑞恩·奥尼尔毫无相似之处，不过他的肚子有点发福了。

当夫妻俩出现在他们的视野中时弗兰克看到曼蒂的身子僵硬了起来，她的目光紧紧地跟着那个男人。

你认识他？

他去过几次餐馆。

她开始打起了保龄球。接着又迷上了宾果游戏。然后又开始跟姐姐喝酒，电话也越来越多，有一次他从谷仓回来得比平日早了一点，他听到她拿着电话哈哈大笑着，在她跟他说话的时候他从来没有听过那种声音。

一天晚上，她应该在打保龄球，他把孩子交给祖母，开着货车去了月光球道保龄球俱乐部。别人告诉他每逢星期二女子球队都不打球。你一定是把日子弄混了。

他又开着车去了公路旁的车轮俱乐部，可是没有停车的地方，然后他又去哈洛斯俱乐部碰碰运气。结果她就坐在角落里。一个穿着费城人队棒球衫的家伙把手搭在她的膝盖上。

咱们别在这里说这事儿，他说。回家再说。

他开着货车回了家，等着她，可是那天晚上她没有回来，第二天晚上仍旧没有回来。少了她小弗朗西斯似乎毫无问题，事实的确如此，弗兰克心想要是她把孩子留给他，没什么问题。第三天，将近晚饭的时候她终于开着车出现在了家门口。弗兰克的祖母看了看她，又看了看弗兰克，说把孩子交给我。弗兰克听得到祖母在楼上对着小弗朗西斯喃喃低语着。她正在给浴盆里放水。

曼蒂要离开他们。她说自己遇到了一个真正的爷们。一个能带她离开这里的男人。他觉得在这儿他能给他们娘儿俩什么样的未来，就他跟他的那些圣诞树？

我从未跟你说过这些，因为我不愿意伤害你，她说。这么长时间以来在床上我一直装出一副很享受的样子。根本不是这么回事。

她还说了很多，不需要再概述一遍了。最主要的一点是她不爱他，压根就没有爱过他。她只是为他感到难过，为他去打仗和其他一切事情，她知道他回家的时候家里就只有一个种南瓜的老太婆在等着他。

让人想不通的是他为什么还要继续追问下去。考虑到他对儿子的感情，他根本就不需要知道答案，即便知道了也无法改变事实。可是鬼使神差他还是问了她孩子究竟是不是他的。

她笑了起来。要不是喝了那么多酒她或许就不会这么说了，可是她扬起了脑袋，更张狂地笑了一会儿才做出了回答。

就在这时他揉了她一把。无疑他是想要弄疼她，可是他没想要推倒她。她的脑袋撞在了大理石门阶上，她滚了下去。血从耳朵里淌了出来，仅此而已。不过她的脖子断了。

他没能立即回过神。他跪在地上，手里捧着她的脑袋，过了几分钟才意识到楼上水还在流着。水应该已经漫过了浴盆，天花板上渗出了水，水接着又渗透了灰泥。那么多的水，你会觉得可能是水管爆裂了。就像是在丛林里有时候下起的倾盆大雨一样，只不过现在这场雨是在他的家里。

他两步并作一步地上了台阶。一把推开了浴室的门。浴室里也有一个女人瘫倒在地上，是他的祖母。她的心脏停止了跳动。

小弗兰克躺在水里，红头发贴在惨白的肌肤上，小细腿一动不动，软绵绵的，手臂耷拉在身体两侧，脸上带着惊奇的神色，仿佛北极光一样神奇的光芒落在了他的脸上。

刚抓到他的时候给他指派的律师说这个案子显然是过失杀人。

弗兰克告诉他们曼蒂的死完全是他的错。他无意杀死她，可还是把她给杀了。事实就是事实，他甘愿受罚。

接下来的事情出乎所有人的意料。曼蒂的姐姐站出来说这个孩子不是弗兰克的，弗兰克发现了真相，于是就杀死了自己的儿子。

我的祖母呢？他说。医生认定她是心脏病发作。纯属意外。

检察官说心脏病发作的确没错，在突然撞见自己的重孙子被自己的骨肉杀害的时候，一位心脏本来就那么脆弱的老年女性还能出现怎样的状况呢？

　　检察官按照谋杀罪对他提出了指控。弗兰克的律师预感到情形不妙，在审讯到了最后的时候他找来一位创伤后应激障碍症方面的专家，他们辩护说弗兰克一时出现了精神错乱的症状。当时弗兰克对一切几乎都不抱什么希望了。辩护还有什么用呢？

　　他们给他判了二十年，服刑满二十年才可申请假释。头八年他待在州医院里。等被确定恢复了服刑能力后他们就把他转入了监狱。跳窗逃跑时他只剩下两年的刑期了。

　　可是我知道自己必须离开那里，他说。我清楚跳出来是有理由的。我想得没错。

　　这个理由就是她。我的母亲。他当时并不知道这一点，他从那扇窗户里跳出来是为了来拯救她。

{ 　　第十三章　　 }

————

你没有恋母情结什么的吧？她说。
就是说你想跟你妈结婚？男生是会
出现这种问题的，不过一般来说到
你这个年纪大家都已经打消了这种
念头。

母亲让我替她去一趟图书馆。她和弗兰克需要一本有关加拿大沿海各省概况的书。她觉得跟三个人一起出门相比，我一个人出去会比较安全，骑着我的自行车。

亨利，你明白的，弗兰克说，我跟你母亲就待在这儿。你记得之前我是怎么绑着她的吧？这就是人们说的人质。

他说话的样子让我想起了母亲离婚一两年后，在父亲起草了一些文件之后，有一天一个被称为诉讼监护人的女人来到我家，问了半天母亲在儿子面前有着怎样的态度。

对你的前夫心怀不满或怨恨么？那个女人说。你会对儿子表露出这种不满么？

我对孩子的父亲没有什么不满，也不生气，母亲对那个女人说。（声音很平静。她的嘴唇努力挤出接近微笑的表情。）我觉得他表现得不错。

对于你前夫的现任妻子你是什么样的态度？就是你儿子的继母。可以说你对你儿子和他继母之间的关系造成过负面影响么？

玛乔丽人不错，母亲说。我相信我们会合得来的。

这位诉讼监护人没有看到接下来的一幕。在她走后我母亲打开冰箱，从最上面的架子上取出一罐一加仑装的牛奶。（货真价实的牛奶。那时她还经常去商店购物。）她没有目睹到我母亲打开罐子，站在厨房中间，缓缓地将牛奶倒在地上，就好像在给花浇水一样。

眼下，尽管方式不同，可是我相信弗兰克十分清楚自己这会儿必须这么说——**这就是人质**。我还想到母亲和弗兰克之间的事情，他俩会一起逃到加拿大的一个小渔村，把我扔给父亲和玛乔丽，不过我绝对不相信弗兰克会有意加害于我的母亲。无论他说了什么，都只是为了确保一旦有人发现他就藏在我家，我俩不会陷入麻烦。

我不会说的，我说。我扮演着惊恐万分的儿子，弗兰克也扮演着他的角色，一个心狠手辣的在逃犯。

劳动节周末的这个星期天下午可不是去霍尔顿米尔斯图书馆的好时候。这一天图书馆还能开着只是因为他们在做图书促销活动，收入将用来为图书馆添置新窗帘之类的东西。图书馆门前的草坪上有一群女人正在卖柠檬水和燕麦饼干，一个小丑用气球做着各种造型，还有一箱打折销售的旧书，都是慢炖锅大餐食谱和唐尼·奥斯蒙德[1]自传之类的书。到

---

[1] 唐尼·奥斯蒙德（1957年12月— ），美国歌星、演员、舞者，曾经为青春偶像。

处都洋溢着和谐欢乐的气氛，人们四处溜达，基本上都在说天气有多热，相互交流一下降温避暑的心得体会。当然，没有人跟我切磋这个问题。就好像我在发射人耳无法听到的高频声波，向人们传达着信息——**走开**。喜气洋洋的人们大口嚼着饼干，在浏览过期的《考考你》①年鉴和《简·方达健身手册》（我看见那里摆着三本），他们是无法想到我家发生了什么事情的。当然，我想自己可能是让别人觉得我对造型气球或沙滩读物毫无兴趣，事实也的确如此。

我走上台阶，进了大楼，心想这天全城的人可能只有我没有出外野餐，玩飞盘，为土豆沙拉忙着切土豆，或是在水池里拍水。为了一堆阿加莎·克里斯蒂和柠檬水来这里转转的确不错，可是什么样的废物才会在开学前的最后一个暑假周末出现在图书馆里，搜寻着爱德华王子岛。

不过还有另外一个人。她坐在阅览室里，我走了进去，手里还拿着笔记本，以便从百科全书上摘抄点信息——在那个年月人们还在用百科全书查找资料。她坐在一把皮椅上，我每次来图书馆时也常常挑这种椅子坐，可她是盘腿坐在上面，就好像在打坐一样，只是面前摆了一本书。她戴着眼镜，头发扎成一根麻花辫，身上穿着一条短裤，露出了好长一截腿，让她骨瘦如柴的身材更加突出了。

她看起来跟我同龄，可我不认识她。通常我都腼腆得难以开口，或许是因为这几天身边出现了弗兰克，他跳出窗户的情景，他那些离奇的经历，他让我觉得世界如此疯狂，何必总这么迟疑不决，或许是因为这些事情，我主动问那个女孩是不是也在这一带上学。

以前不是，不过我刚搬到这里，她说。今天我得试着跟爸爸住一年。我们对外宣称是因为我有饮食紊乱症，他们希望新学校的环境能对我起到些帮助，不过我觉得实际上只是因为我妈妈想要摆脱我，这样她就能跟男朋友鬼混了，没有我在一旁碍事。

我明白你的意思，我说。我原本无法想象自己会跟外人说起自己对母亲和弗兰克在一起的感觉，可是这个女孩似乎能够理解我，她在这一带又一个人都不认识，而且我喜欢她的相貌。她长得不算漂亮，可是她看上去对很多女孩不会喜欢的事情很感兴趣，那些女孩只关心漂亮衣服和交上个男朋友。

我问她在看什么书。我在看自己都有哪些合法权利，她说。还有儿童心理学。

她正在研究青少年的创伤问题，以对付眼下跟父母之间的纠纷。

她叫埃莉诺。大多数时间她都住在芝加哥。迄今为止她只是在假期来过这里几次。她要升到八年级了。她本来要进一所非常棒的私立学校，那所学校着眼于戏剧，没有人关心体育，学生想穿什么就穿什么，还可以扎鼻环，老师是不会批评你的。可是最后她没上成这所学校。

白痴的爹娘说他们没有钱，她说。所以喽，就来霍尔顿米尔斯初中了。

我要读七年级了，我说。我叫亨利。

有关加拿大海岸省份的书有一架子——"沿海地区"，他们用的就是这种说法。我把书放在地板上，旁边也有一把皮椅，正对着埃莉诺的皮椅。

你要写报告么？她问道。

算是吧。为了我母亲。她想知道移居加拿大是否合适。

埃莉诺身上的某种东西让我不想把实情告诉她。我母亲和她的男朋友，我说。我试着说出了这个从来没曾说过的词。至少从来没有把这个词跟母亲放在一起。似乎说出来也无伤大雅。某位母亲交了男朋友并不意味着这个男朋友就一定是个逃犯。

你有什么感觉？她说。离开你的朋友。我这么问是因为搬到这里后我必须面对这个问题，而且坦白地说，我觉得这就是在虐待儿童。这倒不是说我还算是儿童，只是站在法律的角度而言，更不用说产生的心理影响。所有的专家都会跟你说特别是在青春期阶段被迫同陌生人建立关系是不明智的选择，这些陌生人或许跟她毫无共同之处。尤其是——别见怪啊——她以前生活在大城市，周围都是爵士俱乐部之类的东西，还有一所艺术学校，而一夜之间生活中最有趣的东西成了保龄球和马蹄铁。我跟老家的那些朋友说起这个镇子的时候，没有人相信我的话。我不是在说你，只是总体印象而已。

我不想告诉她我连一个朋友都没有。至少没有谁是令我觉得依依不舍的，也就是学校里其他几个异类，在食堂里我跟他们一起坐在废柴专座上，其他人不欢迎我们跟他们同桌共餐。西伯利亚。

对我来说真正的问题不是离开这里，我说。而是被丢下。或许母亲中间有一种潮流，我说。似乎我母亲也试图甩掉我。看起来她和她的男朋友打算把我扔在我父亲和他老婆玛乔丽那里，还有她的儿子，那个孩子跟我一样大，不过在父亲那里最得宠的应该是他，还有他俩生的孩子，每次他们让我抱着她的时候她都给我吐上一身。

我不应该把母亲想成这样的，我说。

都是因为性，埃莉诺说。发生了性关系之后他们的脑子就会受到影响。他们的看法就不正常了。

这时候我应该说其实在跟弗兰克发生性关系之前，我母亲处理问题的方式就跟大多数人所谓的正常方式不一样。我在想埃莉诺知道性对人的影响力是否因为她已经有过性经验，还是她从哪本书里读到的。她看起来不像是已经有过性经历的人，不过她的那副样子看起来她懂得比我多多了。如果她是根据自己的亲身体验，那么我就不会让她知道除了夜里在床上独自干的那些事情之外我的经历还是一片空白。一想到近来这些举动对我自己的大脑产生的影响，她的理论倒是得到了证明。这时我几乎无时无刻不想着性的事情，除此以外我最多只是琢磨一下母亲和弗兰克之间究竟发生了什么事情，可这些事情也跟性有关。

就像是他们嗑了药一样，我说。我心里想着一条电视广告。一开始炉子上放着一只平底锅。接着就出现了一双手，手里拿着一个鸡蛋。

这就是你的大脑，画外音说。

那双手打破了鸡蛋。鸡蛋落在了锅里。你能看到蛋白和蛋黄吱吱作响着变了颜色。

这就是吸过毒的大脑。

结果，埃莉诺查找的是作为未成年人（她十四岁）她是否可以起诉自己的父母。她想联系一位律师，不过在此之前她要先有个基本的了解。

我给寄宿学校写过一封信，我就要去的那个学校，她说。问他们能不能让我入学，为了免交学费我可以打扫卫生间或别的什么事情。不过没收到回信。

我告诉她看起来星期三银行一开门，我也要去上学的时候，我母亲和她的男朋友就要把她的钱全取出来，然后两个人一起开车去北方。她这会儿可能就在收拾行李。没准就是因为这样他俩才把我打发了出来。不是因为这个，就是为了继续做爱。

你母亲总是……嗯……不停地约会么？埃莉诺问道。一家家酒吧喝过去，给征婚广告回信，总干这一类的事情么？

我妈妈不是这样的，我说。我妈妈是那种人——说到这里我收住了嘴。实际上没法形容她属于哪一类人。她跟世上的任何一个人都不一样，她就是她自己。我妈妈是——我又继续了下去。我没想到说到一半的时候我的声音劈开了，我试图装作需要清嗓的样子，不过埃莉诺大概已经清楚地发现我的不安了。

你都没法怪她，她说。他给她下了咒，或者干了别的什么。可以说他把她给催眠了。只不过这些男人用的不是一块旧怀表，而是他们的阴茎。

当她说出阴茎的时候我努力做出一副随意的样子。我认识的女孩里还从未有人能大声说出这个词。当然，母亲除外。几年前的一个夏天我碰到了毒漆藤，小腿和大腿全都中了毒，她问我我的阴茎有没有也染上毒，就在前一天夏天，我试着像超级英雄那样跳过一块花岗岩拴马柱，结果失败了，她跪在我身旁的地上，我抓着裤裆哼哼着，她叫我给她看看我的阴茎。

我得看看需要不需要去一趟急诊，她说。我绝对不想日后你的阴茎出现功能问题，或者睾丸有什么事情。

我也只习惯母亲这么说。埃莉诺说出这个词的时候——这是我身体上的一部分，可我自己都无法说出这个词——听上去更加陌生，也更加亲密了。在她说出这个词的那一刻起我感到我俩之间可以无话不谈了。我们已经迈入了禁区。

她的卧室就在我隔壁，我说。夜里我听得到他俩的声音。干着那事儿。她和……弗雷德。

我寻思着最好还是这样称呼他。掩藏好他的身份。

我就说嘛，他就是性成瘾者，她说。要不就是个吃软饭的。大概两样都占全了。

直到这时我还十分清楚这并不是事实。我喜欢弗兰克。实际上问题就在于此，不过我不想提起这件事情。我是那么地喜欢他，我也想跟他一起走。我是那么地喜欢他，我一直想象着他成为我的家人。他在我家，和我母亲，还有我待在一起的这几天我们都很快乐，可我一直没明白过来，他想霸占的是我的位置。

你没有恋母情结什么的吧？她说。就是说你想跟你妈结婚？男生是会出现这种问题的，不过一般来说到你这个年纪大家都已经打消了这种念头。

我喜欢正常的女孩，我对她说。跟我同龄，或者也可以大一点，不过不能太大。

要是她以为我说的是她，那也没什么问题。

我喜欢我的母亲，不过母亲就是母亲，我说。

既然这样，那你就得考虑对她进行心理干预了，埃莉诺说。我母亲就是这么对付我的，不过在我看来他俩没能得逞，反而还倒退了。需要接受干预的是她，还有她那个精神病男人。不过从心理学的角度而言这种方法的确行之有效。

要是情况类似有人对你妈妈施了魔法，那你就得帮她清除毒化她的那些思想了。在各种邪教很兴盛的时候，对加入邪教的人他们就是这么处理的。曾经有一个叫派翠西亚·赫斯特[①]的女孩，出身于《达拉斯》里那种有钱人家，她被绑架了，很快成为政治激进分子，而且魅力非凡的绑匪就逼着她开始抢劫银行了。

出这事儿的时候咱俩都还没出生呢，埃莉诺说。我母亲告诉我的。绑架她的那个男人管这个叫做感召力，在它的作用下派翠西亚·赫斯特居然穿上了军装，还扛着机关枪。后来父母把她接回家后他们带着她去看了各种各样的精神病专家，想要让她恢复从前的样子。要指出谁是好人，谁是坏人，可能会让人感到迷惑。或许没有谁是绝对的好人，所以派翠西亚·赫斯特才能跟抢银行的混在一起。她之前就已经碰到一大堆问题了，这种事情让她变得更加脆弱了。

我的母亲确实会变成这样的。

他用性的力量给她洗过脑了。

如果事实果真如此，谁能让她恢复到以前的样子？我问道。（我不想说正常的样子。恢复到之前的样子就行了。）

性的力量太强大了，埃莉诺说。你现在还没法消除它。

换句话说就是，眼下的状况无药可救。我母亲没有希望

---

① 派翠西亚·坎贝尔·赫斯特，美国报业大王威廉·赫斯特的孙女。1974年2月4日在加州柏克莱被美国激进组织共生解放军绑架，该组织要求赫斯特家族发放四亿美元的救济物资给加州的贫民，否则就要杀害派翠西亚，赫斯特家族发放部分物资，但共生解放军并未释放派翠西亚。

了。我看了脚边的那一摞书。有一本摊开的刚好翻到了爱德华王子岛一座小山坡的图片，连绵起伏的田野，背后就是大海。埃莉诺看着那本书，说《绿山墙的安妮》①里的那个女孩就住在那里，不过她的故事跟我的截然不同。一旦弗兰克带着我母亲去了那里，她就再也不会回来了。

假使父母离异没有对你的性格造成太大的影响，这个男朋友的事情大概也会给你造成严重的神经病了，埃莉诺说。为了你自己，我希望你将来能赚到大钱，支付那些你不得不接受的治疗。

说话的时候她一直咬着自己的辫子，我突然想到或许对她来说辫子替代了食物。她从皮椅上站起身，站在我面前，我俩还是在阅览室里，我发现她比我想象的还要干瘦。她把眼镜也摘掉了，露出了黑眼圈。从某种角度看她显得非常老，但同时又像个小姑娘。

看来你只有一条出路了，她说。我指的不是弄死他之类的事情。不过你得想办法把他从你的生活中除掉。

我不知道能不能办得到，我说。

汉克，你要这么想，她说。（汉克？我不知道她是怎么琢磨出来的。）要么你除掉他。要么他除掉你。你想怎样？

回到家我看到弗兰克和我母亲正打算将风雪护窗重新刷

---

① 《绿山墙的安妮》是一部由加拿大作家露西·莫德·蒙哥马利所著的长篇小说。这个故事于 1908 年首度发表，其背景设定在作者蒙哥马利童年成长的地方——爱德华王子岛。

一遍漆。我觉得两个打算出国，从此一去不返的人对这种事情是不会上心的，不过也许她是考虑着把房子卖掉，好在爱德华王子岛买一座农舍。以防万一她的存款不够用。她希望我们现在住的这所房子多几分卖相。

嘿，老弟。你回来得正是时候，弗兰克说。想跟我一起刮么？

母亲就站在他的旁边。她穿着以前她在花园里忙活的时候经常穿的工装裤，那时我家还有个花园，头发用大花丝巾挽在了后面。他俩把护窗全都搬到了屋外，还有一把刮漆刀和一些砂纸。

怎么样？她说。这些油漆都已经放了好些年了。弗兰克说要是我们三个人齐心协力的话，用不了多久就能把活干完了。

我也想跟他俩一起刷。看起来这个活充满了乐趣。她把广播拿到了屋外，广播上正在播放劳动节周末金曲。这时播放的是奥莉维亚·纽顿－约翰的歌，是电影《油脂》里面的一首插曲，有关盛夏爱情的歌。母亲像握着麦克风一样攥着砂纸，模仿着奥莉维亚·纽顿－约翰的样子。

我还有事儿，我说。

她的脸上浮现出一丝受伤的神情。

我想咱们一起做会非常有意思，她说。你可以给我俩讲讲你在图书馆查到的情况。

我知道母亲已经被洗过脑了。要是能看一看的话，她那个受到性左右的脑子看起来应该就像个煎蛋。她唯一的希望就在于我能除掉弗兰克。我什么也没有说，不过心里一直在想着这些事情。

现在弗兰克把手搭在了我的肩膀上。我还记得以前他也这么干过，就在头一天我碰到他的时候，当时他对我说他需要帮助。看着他的眼睛，我相信他值得信任。

孩子，我想你应该帮帮你母亲，他说。

我没有生气，但是听完他的这番话后我就彻底铁了心。终于来了，埃莉诺已经警告过我了。他要控制一切。现在我还能坐在后座上，过不了多久我就连车都上不去了。

你又不是我的老板，我说。你不是我爸。

他的手缩了回去，就好像他碰到的是一块滚烫的金属块。或者干冰。

弗兰克，没关系的，母亲说。咱们能做完的，就咱俩。

我进了屋，打开电视，音量开得很大。电视上正在转播美国网球公开赛，我并不关心谁输谁赢。另一个频道是棒球。还有一个频道在播女人瘦大腿的美容广告片。我不在乎母亲和弗兰克听到我正在看这种片子，就像我在自己的卧室里隔着墙也能听到他两一样，吃完三明治我也同样无所顾忌地把盘子和牛奶杯摊在桌子上，而不像平时那样放进洗碗池里。

我又不由自主地去看了看乔，它仍旧躺在笼子里，热得气喘吁吁的。我找了一个喷雾瓶，洗了洗瓶子，给乔的身上喷了点水，好让它凉快凉快，然后给自己也喷了喷。

我躺在沙发上，看着专题广告，手里还翻着借回来的书，《神秘的沿海诸省：梦想乐园》。我拿起报纸，仔仔细细地把新闻提要又读了一遍。悬赏。一万元。

除掉他，埃莉诺说。把他从你的生活中除掉。

我想着小摩托。摄像机。彩弹枪。

我记得跟父亲和玛乔丽从迪斯尼乐园回来时，在飞机上看的一本邮购目录上满是各种各样令人咋舌的东西，不看都不知道世上竟然还会有这种东西，比如《回到未来》里的那种气垫板，摆在家里的爆米花机，能显示世界各地时间的手表，把你家的浴盆改造成按摩浴缸的机子，太阳能提基①神像灯，还有一对看起来像是石块的东西，可它们其实是户外用的立体声喇叭，是玻璃纤维做的，专为举办街道野餐和聚会设计的。一万块钱，邮购目录上的什么东西买不了？除了那些没什么意思的东西。

一旦弗兰克被带走，母亲一定会十分伤心，不过她会挺过来的，最终她会明白我这么做全都是为了她。

---

① 提基，毛利人神话中的人类始祖，通常被雕刻成人形，在波利尼西亚文化中也可见到类似的雕塑。提基灯也出现了简化的形式，即竹篾编结的桶状灯罩。

{   第十四章   }

———

分娩花了好长时间，不过胎儿监护
仪显示孩子的心跳正常，直到不幸
的最后几分钟前一直都是正常的，
可是突然他们就把她推进了手术
室，还把我父亲赶了出来。然后他
们就把她的肚子打开了。

　　有一次母亲对我说，大概你很想知道自己为什么没有兄弟姐妹。是我俩一起吃饭的时候，她喜欢在我俩吃着速冻食品的时候聊聊天。那时我差不多九岁，从来不曾为自己没有兄弟姐妹的事实感到过诧异，不过我还是点了点头，那么小的时候我就已经明白是她自己想跟我聊一聊这种事情。

　　我一直打算至少要两个孩子，多了更好，她说。跟跳舞比起来，生你才是我的头等大事，这件事情让我觉得自己很清楚自己在做什么。

　　生下你六个月后我又没来月经，她说。

　　这个年龄的有些孩子在听到母亲提到这种事情的时候压根就不明白母亲在说什么。我跟母亲相处的时间太久了，这些事情我全都明白。还知道其他的很多事情。

　　从第一次月经开始我就一直很正常，她告诉我。所以我立即意识到出什么事儿了。都不需要医生来证明。

　　可是你父亲不想这么快就要第二个孩子。他说我们没有钱，还说我把精力都花在照顾你上，而他也需要我的关心，这就让他很恼火。你父亲劝我堕胎，她说。我绝对不想这么做。对我来说，所有的孩子，哪怕来的不是时候的孩子，全都是天赐的礼物。我告诉你父亲想要愚弄上帝是很危险的。你就只能干等着，因为事情永远不会十全十美。

你父亲带我去了诊所。我自个进了一个小房间，你父亲等在外面。我穿上了一件纸做的衣服，爬上桌子，把脚架在马镫上。亨利，不是给马用的那种，她说。

他们打开仪器，噪声响了起来，就像是发电机，或者那种很大的垃圾处理机。她躺着，听着，机子运转着。护士跟她说了些什么，可她没有听清，机子太吵了。完事后他们叫她在另一个房间的一张小床上休息了几个钟头，旁边还有其他几个那天上午做了流产手术的女人。她出来后我父亲还等在那里，不过中间他离开了一会儿，去买了些东西，她说。开车回家的路上她没有哭，不过她几乎一直盯着窗外，最后他问她怎么样的时候她一句话也说不出来。

自打流产的那一刻起我就一直希望再怀上一个孩子，而且一定要留着这个孩子，母亲对我说。你明白我的意思么？

我不明白，不过我还是点了点头。在我听来这根本就说不通，她先是经历了这一切，把孩子打掉了，接下来，你也知道，她又想要一个孩子。父亲问我是否觉得她疯了大概指的就是这回事。

不过最后他还是答应了她。省得她再缠着我不放，他说。

有一阵子母亲过得非常开心。那时我才两岁，这就是说她还要忙着照顾我，尽管她认识的女人会抱怨晨呕，胸胀，整天觉得浑身乏力，可是她喜欢怀孕的一切感觉。

妊娠将近三个月的时候，这时胎儿应该差不多长到了利马豆那么大（她从《生命的最初九个月》看到的），一天早上醒来时她感到腹部出现了剧烈的绞痛，这种感觉她从未有过，床单上还有血。下午三点之前她已经换了三片卫生巾，血还在不停地流着。

亨利，三条卫生巾就相当多了，她对我说。我不知道卫生巾是什么，不过我还是点了点头。

她的医生给她做了检查，告诉她这种流产不算罕见，没有理由认为下一次她还会出什么问题。她还年轻。她的身体看起来很健康。他们很快就可以再作下一次努力了。

几个月后她又怀上了，这一次她决定暂时先不穿孕妇装，等肚子继续大一些再说。不过她还是把消息透露给了几个朋友（那时她还有些朋友）。她也告诉了我，不过我不记得了。当时我应该还不满三岁。

跟上次一样，将近三个月的时候她又流血了。她坐在马桶上，她以为自己在尿尿，结果感觉到有东西从自己的身体里流了出来。看到马桶里有一团血块一样的东西，她知道孩子没了。能怎么办呢？冲掉？

她在那儿站了一会儿，然后就跪倒在了地上，伸手在水里刨着。她把血块一样的东西拿到了院子里，想用手挖一个坑出来，可是表层土都没了，她连个浅窝都没挖出来。

这原本应该是你的弟弟或妹妹，她说。

据我所知那孩子就埋在我父亲和玛乔丽现在住的房子后院里。不过我还在想他差点就被冲进下水道了。

没过多久她又怀孕了，她对一切不再抱有什么希望，现实也的确没有给她希望。这一次流产出现得更早了，还不足两个月的时候就流了，她早上醒来都没有感到恶心，这就令她感到大事不妙。

现在我知道了上帝是在惩罚我，她说。我们有过一个那么美好的礼物，有你，在你出生六个月后又有了一份那么美好的礼物，都是因为我们的愚蠢，我们还以为自己能够选择何时为人父母，就好像是挑选跳舞的时间一样。现在我知道了，我们或许再也没有机会了。

不过，第四次努力看起来非常有希望。我喜欢恶心的感觉，她说。就在差不多六个星期的时候我的乳房也胀了起来，我开心极了。

你还记得么，我带着你一起去看医生的那一次？她说。他让你看了超声波，我说瞧啊，你的弟弟。因为太小了，咱们还以为看到的是小鸡鸡。

不记得，我说。我不记得这回事儿了。要记的事情太多了，有时候最美妙的事情总是容易被忘记。

看着第一次超声波检测的状况医生说一切看起来都不错，我母亲要他再多看一会儿，以防万一。几个星期后她感到腹部出现了奇怪的感觉，一开始她以为又跟以前一样，随即她意识到这一次的感觉有所不同。她把手放在自己的肚子上，感觉着肚皮下荡起了轻微的涟漪，感觉既陌生又兴奋，就像是有鱼在水面下游过一样，在很深的地方。我的弟弟在游泳。

她是那么的开心。我俩躺在床上读着《好奇的乔治》的时候她对我说，咱们已经倒霉好一阵子了。

不过现在都过去了。这个肯定没事的。我以前把生孩子当作理所当然的事情。从现在开始，无论什么结果我都心存感激。

接着就到了分娩的日子，他们把早就收拾好的行李箱装上了车，那还是她第一次流产前就收拾好的行李。分娩花了好长时间，不过胎儿监护仪显示孩子的心跳正常，直到不幸的最后几分钟前一直都是正常的，可是突然他们就把她推进了手术室，还把我父亲赶了出来。然后他们就把她的肚子打开了。

九岁的我听完她的讲述，问她发生这些事情的时候我在哪里。我的一个朋友在照顾你，她说。不是伊夫琳。是她出现之前的一个朋友。那时候母亲还认识一些正常的朋友。

一切都结束后她也不太记得那天产房里究竟出了什么事，不过她记得自己听到有人说了一句话，**女孩**。毕竟不是男孩。女孩。可是他们说这句话的时候声音听上去不太对劲。他们至少应该听起来感到高兴才对。就在这时她意识到应该是出了问题。或许护士觉得不是儿子会让她感到失望吧。接着她又看到了护士的脸，没等到护士开口她就全都明白了。是别的问题。

把孩子给我，她喊了一声，可是没有人回应。她看得到医生头上绿色帽子的帽顶，就在帘子的另一头悄无声息地挪动着，忙着给她缝合伤口。接着他们应该给她上了些药，很快她就睡着了，睡了好久。她记得我父亲走进了房间。最重要的是你没事，他说，可是这件事情根本就不重要，至少说在接下来好长一段时间里是这样的。

然后她就醒了，虽然没有在第一时间，不过也算快吧，他们把她推进了一个房间，孩子就在那里，费恩，名字随了她的母亲，她已经死了很久了。费恩躺在摇篮里，看起来就像个正常的婴儿，身上裹着一条粉红色的绒毯。护士还给她裹了一片尿布，这辈子她就只穿过这么一条尿布。

一位护士将我妹妹放在了我母亲的怀里。我父亲也在旁边，就坐在她身旁的椅子上。他们三个人在房间里单独待了几分钟，足够他俩打开毯子，仔仔细细地端详一会儿那具泛着青色的小身体。母亲一根一根地摸了一遍她的肋骨，还有刚扎好的肚脐，那原本是这几个月来为她输送养料的脐带，可是就是这根脐带背叛了她，到最后它致命地缠住了她，使她失去了氧气。母亲用手抓着费恩的手，仔仔细细地打量着她的指甲，琢磨着这双手究竟来自父亲，还是母亲。（更像是我父亲的。那么长的手指原本会让他们觉得日后应该送她去上钢琴课。）

她抻展了费恩的腿，费恩没有蹬腿，她太喜欢最后几个月里她蹬腿时的感觉了，那么强劲有力，有时候她甚至能感觉到脚的轮廓，小小的脚在里面紧紧地压着她的肚子，让肚子隆起一块。（瞧啊，亨利，她会冲我嚷嚷起来。我怎么会不记得呢？我看着所谓的弟弟在她肚子下动弹的样子，就像床上毯子下的一只小猫一样。）

她又揭开费恩的尿布。她知道自己只有这一次机会，她得把一切都看一遍。

她的阴道只是一道小小的裂缝，之前应该是粉红色的。上面有很多血点，后来医生解释说在新生女婴中这种情况不算罕见，是由于母体的激素转移到了婴儿体内所造成的，但是当看到血点的时候他们都抽了一口气。

就在那几分钟里母亲让自己记下了她的脸，她知道以后她会经常回想起这一切，她也知道如果还能让她像此刻这样抱一抱这个孩子的话她愿意做出怎样的牺牲（一切都在所不惜）。

她闭着眼睛。她的睫毛很长，黑得出奇（在青白色皮肤的衬托下显得更黑了）。一些婴儿的鼻子只是一个小纽扣的形状，而她的鼻子更像是成年人的鼻子，只不过小了很多，笔直坚挺的鼻梁和两个小而完美的鼻孔，可是没有呼吸。她的嘴巴就像一朵鲜花。下颌上有一道凹槽，又是从父亲那里继承的，不过下颌的轮廓似乎来自母亲的家族。

在下颌与又小又软的脖子之间的皮肤下横贯着一条清晰可见的蓝色血管。母亲顺着那条血管在她的身上摸着。

我就是一个河面向导，给游客指指路，她说。她的手滑到了费恩的胸口，血管仍旧清晰可见，她的手又摸向了单薄的、几乎透明的肌肤下小心脏所在的位置，她一直能感觉到那颗心脏的跳动，可现在她像石头一样静止不动。

她讲给我的这些事情听上去就像是一个她已经熟悉得无需多讲什么的故事，不过很有可能她只给我讲过这个故事。

过了一会儿一位护士走了进来，从我母亲的怀里抱起了费恩。我父亲又推着轮椅朝休息室走去。在过道里他俩与一对正朝电梯走去的夫妇擦肩而过，那对夫妇怀里抱着一个刚出生的宝宝，手里还抓着一把气球。他们还碰到了一个穿着病号服，挺着肚子的女人，应该快要分娩了。就像不到十八个小时之前的她一样，这位孕妇在过道里踱来踱去，以打发掉前期不规则的宫缩阶段。母亲说看着她自己突然生出一个疯狂的念头。**再给我一次机会。下一次我再也不会犯错了。**
这是第一次，几乎也是最后一次，看到孕妇会令她愤怒、悲伤得喘不过气来。现在满世界都是孕妇。看起来比以前多多了。

父亲推着轮椅走向停车场，一路上他一直朝前弯着腰，仿佛是在为母亲遮挡着一阵狂风。阿黛尔，回家就没事了，他对她说。

可是情况没有好转。不过等他带着她回到家后——就是他跟玛乔丽，还有他俩后来生的小丫头现在住的房子——他腾空了婴儿室，把小宝宝的衣服和新生儿用的尿布都收拾进了纸箱里（有些是三年前就买好的），把摇摇床也拆掉了。

在头一次和第二次流产后他俩会说再试一次。第三次之后，尽管心中充满了恐惧，可他俩还是去看了医生，在日历上标记出母亲来月经的日期和她能够受孕的日子。

埋掉费恩后他俩再也没有提起过受精、怀孕和婴儿的事情。

他们的朋友过来安慰他俩，努力帮他俩恢复跟邻里之间的社交生活，可是我母亲已经习惯不要再去邻居家吃烤肉，或去学校参加活动了。总有人怀着身孕。超市也很危险。孕妇装和婴儿食品越来越多，购物车里也坐着小宝宝，要是费恩活着的话也有那么大了，还有已经开始学着走路的小孩，都是些四岁的孩子，跟费恩之前的那个孩子一般大，就是他俩埋在院子里的那个孩子。满眼都是孕妇和孩子，好像流行病一样。

很快母亲就明白了一个道理，再也找不到安全的地方了。孩子，还有即将出世的孩子无处不在。只要打开窗户就能听到有孩子在啼哭。有一次，她正躺在床上，突然就被邻居家小宝宝的一声微弱的哭声给惊醒了。那个孩子的母亲一定把孩子抱了起来，要不就是孩子的父亲，可是那天晚上我的母亲彻夜未眠，把事情又从头到尾回想了一遍。堕胎。流产。超声波。衬衫下鼓起的那只小脚的形状。打结的脐带。血点。他俩给她买的小骨灰盒，比一条烟大不了多少。

那天清晨之后她明白自己再也不会去外面的世界了。她再也没有兴趣和丈夫做爱了，也不想再生出死婴了。她甚至对跳舞也失去了热情。唯一安全的地方就是家里。

{ 　　第十五章　　 }

———

他站起身，扭头看着我，曼蒂告诉他孩子的亲生父亲是谁的时候他应该就带着这副表情，只不过这一次他不会再推搡谁了，也不会把别人的脑袋撞破了。

午后，母亲和弗兰克刷完护窗后又进了屋。母亲擦了擦身子，尽管还在气头上，我还是冲她喊了一声，问她午饭吃什么。结果进来的不是她，而是弗兰克。

我来给咱们弄点吃的，怎么样？他说。让你母亲轻松一会儿。她干了太多的活。

是的，没错，我心里嘀咕着。夜里我全都听见了。是谁害得她那么辛苦的？

我听得到楼上哗哗地流着水。弗兰克脱掉衬衫，上面沾了块油漆。他赤裸着上身，裤子松松垮垮地吊在胯上，吊得那么低，我都能看到包扎阑尾手术伤口的绷带最上面一截。不过话又说回来，他的身材完全就是一尊雕塑。尽管已经上了年纪，他的胸脯仍旧那么紧绷，全都是肌肉。我又回想了一下我遇到他的情景，当时我觉得看着他就能想象出一具骨骼标本，或者他躺在台子上等着被解剖。他浑身上下的线条全都那么清晰，只有肌肉和骨头，没有一分赘肉。他不属于健美运动员或者超级英雄之类的人物，他看起来就是生物课本里的插图，他们给**男性**配的插图。

我在想咱们可以扔会儿球，他说。我已经大汗淋漓了，或许应该再多流点汗，我的脚脖子也变结实了，能站更长的时间了。我想看看你的胳膊怎么样。

太难了。我想要让他知道我很生气，我感到自己被忽视了，我知道他对我母亲耍的花招，如果他的确在耍花招的话。可我还是情不自禁地对他心存好感。而且这会儿我又很无聊。电视里杰瑞·刘易斯正站在话筒前，装成小孩的样子在跟一个小女孩说话，那个小女孩也站在舞台上，就在他的身旁，腿上套着架子和步行器。

朋友们，你们说呢？杰瑞·刘易斯装成小孩子的嗓音。安吉拉应不应该跟我们一样拥有同等的机会？拿出你的支票本吧。

我喜欢弗兰克跟我练习传球接球。我没指望他一夜之间就让我变成运动员，不过跟他来来回回地扔球接球还是挺好玩的。球啪的一声落在我的手套里。我俩一来一去地扔着球，他扔给我，我扔给他，他扔给我。

在看我俩扔球的时候母亲说传球接球有点像在跳舞，之前我从来没有过这种意识。你得跟对方协调一致，全神贯注于对方的一举一动，让自己跟上对方的节奏。就像是你跟舞伴在舞池里一样，全世界只剩下你们两个人，尽管一言不发，但彼此是那么的默契。

我想在给我扔球的时候他脑子里没有在想跟她做爱的事情，也不会惦记着亲她脖子上有块印子的地方，或者她光溜溜地躺在楼上浴盆里的样子，或者夜里在她床上发生的任何事情。我俩传球接球的时候他一心想的就只有传球接球。

否则就是他把我也给催眠了。没准他是在让我为即将到来的那一天做好准备，到时候我就得搬去父亲家，父亲和理查德总是在练习传球接球，只不过跟我不同，理查德能抛出曲线球。他是在让我做准备，迎接未来的生活，到时候他和我母亲就走了。

我告诉他我不想玩。还有一档节目要看。电视连续剧。

弗兰克仍旧盯着我的脸。杰瑞·刘易斯消失了。房间里只剩下他和我。

听着，他说。要是你担心我抢走你母亲的话，没关系。在她这里你永远都是第一号，我绝对不会试图改变这种状况。她爱你超过一切，永远如此。我只想照顾她，让她换一种生活。我不会试图当你的爸爸。不过我可以做你的朋友。

终于来了。埃莉诺已经提醒过我了。现在他要试着对我催眠了。我甚至感觉得到已经见效了，在一定程度上我想要相信他的话。我必须用其他声音把这些话淹没掉，以免它们钻进我的脑袋里。

那个女孩这会儿坐在杰瑞·刘易斯的大腿上，讲着自己的小狗。屏幕上有一个电话号码。我听得到街道那边杰维斯

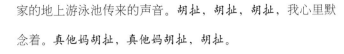

家的地上游泳池传来的声音。**胡扯，胡扯，胡扯**，我心里默念着。**真他妈胡扯，真他妈胡扯，胡扯。**

我知道迄今为止我很失败，他说。我犯过大错。可是如果还能得到机会的话，我绝不会再错下去了。

叽哩哇啦，咔咔啦啦，巴呐呐。

啦呜哩。嘶特隆卟哩。霍哩莫哩！

我也明白这需要时间，他说。看看我。过去的十八年我拥有的就只有时间。好处是这样一来就有了思考的机会。

他站在那里，手里拿着刮漆刀。他穿着我母亲从地下室翻出来的一条旧裤子，那还是几年前她为我做的万圣节鬼装，那一年我把自己打扮成了一个小丑。裤子原来的主人一定是个大胖子，对我来说太肥了，不过这样就对了，可是在弗兰克的身上裤管才刚到他的腿肚子，为了防止裤子掉下来他在腰上还扎了一根绳子。他仍旧穿着我们碰到他时他穿的那件T恤衫，写着"文尼"的那件，脚上什么也没穿。他看起来才像是小丑，但不是滑稽搞笑的那种。就是这个人，每天晚上我听得到他在墙的那一边亲吻着我的母亲。我替她感到难过。也替他难过。更多的还是为自己感到难过。我一直希望有一个真正的家，现在有了，可这一家人全都是废物。

他又把手搭在了我的肩膀上。一只宽大残破的手。夜里隔着墙我听到过母亲对他说我要给你擦点乳液。

你的皮肤很光滑，他说。我都不好意思碰你。

这会儿他在跟我说话，不过换了一副腔调。咱们用不着非得玩球。我可以给咱们弄点吃的。坐在后门廊的台阶上。那里或许能凉快点。

我爸爸一会儿就来接我，我说。

我还知道你跟我母亲趁我不在家的时候都会干些什么。

我听到母亲在楼上透过浴室的门喊了一声。弗兰克，帮我拿一下毛巾，好么？

他站起身，扭头看着我，曼蒂告诉他孩子的亲生父亲是谁的时候他应该就带着这副表情，只不过这一次他不会再推搡谁了，也不会把别人的脑袋撞破了。他已经跟我说过了他有耐心。他耐心地等着自己的机会，熬了这么多年他终于等到了这一刻，躺在医院二楼窗户跟前的病床上，窗户上还没有栅栏。他的计划或许要花好长时间，不过毕竟他已经付诸行动了。

现在，他从洗衣机上面的架子上拿了一条毛巾，把毛巾凑到自己脸跟前，闻了闻，仿佛是要检查一下毛巾是否配得上她的肌肤。他上了楼。我听到门开了。这会儿他就站在浴盆跟前，我母亲正躺在浴盆里。光着身子。

在图书馆的时候埃莉诺把她父亲家的电话留给了我。周末我都在，她告诉我。除非我爸想带我去看电影什么的。我知道他大概还以为《爱心熊》这种片子会让我看得热血沸腾。

我拨通了电话。要是接电话的是她的父亲，我就挂断。

是她接的电话。我正等着你的电话呢，她说。什么样的女孩会说这种话啊？

想聊聊么？我说。

Chapter Sixteen

{ 　　第十六章　　 }

———

她摘掉墨镜，把墨镜折叠好后塞进
了挎包里。她朝四下里瞟了一圈。
又舔了舔嘴唇。然后就凑了过来，
亲了我。

我打赌你从来没干过这事儿，她说。
你会永远记住的，我是你的初吻。

这天下午，气温升到了九十五度。空气变得很沉重。整条街的住户全都在给草坪浇水。我们家除外。我们的草坪早就枯死了。

　　这天的晨报上刊登了一篇有关舞毒蛾的文章，还有对一个女人的访谈，这个女人正在四处呼吁在公立学校设立校服制度，她认为校服可以减轻同辈压力，还可以改善青少年不得当的着装现状。她说年轻人在学校里只应该想着他们的数学作业，而不是某个姑娘从超短裙下露出的大腿。

　　我想跟她说给姑娘们穿上校服毫无作用。你想的不是她们的衣服。你想的是衣服下面的东西。雷切尔·麦凯恩就算穿着马鞍鞋和到脚脖子的苏格兰裙，我依然会想象着她的那对乳房。

　　埃莉诺那么瘦，瘦得让人难以想象出她的身材。很难想象她的胸部是什么样的，在图书馆的时候她穿了一件肥大的运动衫。（是运动衫。在这样的大热天。）

　　可是我还是会惦记着她摘掉眼镜的模样。我想象着她把辫子上的橡皮筋解开，头发散落在肩头的模样。她的胸脯，赤裸着，要是我俩挤在一起，大概她的胸感觉起来跟我的没有什么区别。一幅画面突然浮现在我的脑海中，我俩把乳头排成一行，好让彼此的乳头碰在一起，仿佛这样能形成一条电路似的。我俩的个头差不多。身体的其他部位也都很一致，但有一个地方完全不同。

有人推测女生出现饮食紊乱现象是因为她们想逃避自己的性欲，她说。一些心理学家认为患有饮食紊乱症的人是想通过这种症状让自己留在童年期，因为他们对接下来的发展阶段充满了恐惧。比方说，要是你很瘦的话，你就不会来例假。我知道大部分人都不会跟男生说这种事情，不过我觉得聊天的时候人们应该对彼此坦诚一些。比方说，要是我母亲需要跟她的男朋友单独待一会儿，她就可以直接跟我说明。我会去朋友家过夜之类的，而不是像现在这样跨过半个国家，搬到这里来住，好让他俩能做做爱。

这天下午在电话里她问我喜欢什么样的音乐。她喜欢一个名叫席德·维瑟斯①的歌手，还有野兽男孩②。她觉得吉姆·莫里森③是有史以来最酷的人。她希望有一天能去巴黎，为他扫扫墓。

我觉得我应该知道吉姆·莫里森是谁，所以我没有多说什么。但我家里只有母亲那台带着调频收音机功能的卡式机。我知道的音乐基本上都是她听的那些：弗兰克·西纳特拉的

① 席德·维瑟斯（1957 年 5 月—1979 年 2 月），英国朋克摇滚乐音乐家和乐队性手枪的贝斯手。
② 野兽男孩，来自纽约布鲁克林和曼哈顿的嘻哈音乐团体，组建于 1979 年，活跃至今，是历史上活跃时间最长的嘻哈团体之一。
③ 詹姆斯·道格拉斯·"吉姆"·莫里森（1943 年 12 月—1971 年 7 月），美国创作歌手和诗人，其最出名的身份是洛杉矶摇滚乐队大门乐团的主唱。莫里森早年入迷于尼采、兰波和杰克·凯鲁亚克的作品，并以自己的能力把他们与歌词相结合，使他成为史上最有艺术才华、最有影响力的创作歌手之一。逝于巴黎。

抒情歌，《红男绿女》的原声带，琼尼·米歇尔①的专辑《蓝》，还有一个我叫不上名字的男人，他的声音非常低沉，令人昏昏欲睡。她经常一遍又一遍地放着他的一首歌，其中有一句歌词唱的是：**你知道她有些疯狂，所以你想要待在那里。**

她的心抚摸着你完美的身体，他唱道。②基本上那都算不上是在唱歌。更像是在吟诵。我猜埃莉诺没准会喜欢这个歌手，要是我能说得出他叫什么的话，可是我说不上来。

当她问起音乐的事情时我对她说，你知道的，没什么特别的。

我绝对不会喜欢没什么特别的东西，她说。所有没什么特别的东西都不喜欢。

她问我有没有自行车。我有倒是有，可那辆车已经有八个年头了，车胎也瘪着，我家又没有打气筒。她没有自行车，不过她可以借父亲的用。他去打高尔夫或什么的。还有这号人，说自己没钱供女儿上世界上最好的学校，每个周末却能为了把球打进洞里花上五十块钱。

我可以去你家，她说。

这不是个好主意，我对她说。我母亲和那个男人不想引起别人的注意。弗雷德。

咱俩可以在城里碰头，她说。咱们可以去喝喝咖啡。

我没告诉她我不喝咖啡。我说听起来不错。那年头还没

①　琼尼·米歇尔（1943年11月—　），加拿大音乐家、作词者、画家。
②　此处提到的歌手是里奥纳德·科恩（1934年9月—　），加拿大著名诗人、小说家、创作歌手，他的作品经常描写对宗教的探讨、孤独、性以及人与人之间复杂的关系，曾被誉为加拿大最有影响力的歌手。他最早创作的歌曲深受欧洲民谣的影响。文中提到的这首歌是他根据自己发表于1966年的诗歌《苏珊娜》改编的同名歌曲。

有星巴克之类的地方，不过有个名叫诺尼斯的小餐馆，里面有火车座，每一个座位旁都摆着一个盒子，供客人快速查找自动点唱机里的歌曲。基本上都是乡村音乐，不过或许也有她喜欢的。十分忧伤的歌曲，唱歌的人听起来很抑郁的那种。

走到城里需要二十分钟。我出门的时候母亲和弗兰克还待在楼上的浴室里。他应该在给她擦干身上的水珠，要不就在给她抹乳液。我只想照顾你母亲，他说。他管这种事情叫照顾。

我给他俩留了一张字条，说我会在父亲过来之前赶回来的。我要去见一个朋友，我说。这会令母亲感到高兴的。

我赶到餐馆的时候埃莉诺已经坐在里面了。她换掉了短裤，头发也跟我想象的一样放了下来，不过在现实中她的头发有点直，有点扎手，不是我想象中的卷发。她还化了妆，涂了略微发紫的唇膏，画了眼线，眼睛看起来比实际的大了一圈。她还把指甲涂成了黑色，不过指甲已经被咬得残破不全，破破烂烂的黑指甲看起来很古怪。

她说，我告诉我爸我跟一个男生在一起。他就开始跟我唠叨要小心一点，好像我是要跟你跳上床什么的。

真可笑，父母总是要跟你扯这些有关性的长篇大论，好像我们的生活里就只有这些东西。大概他们以为咱们跟他们一样对这种事情痴迷不已吧，她说。

她往自己的咖啡里倒了一包纤而乐糖粉。接着又加了两包。她说我爸没有女朋友，不过他一直想找一个。要是减减肥的话他或许还挺有魅力的。真不幸，在这个叫弗雷德的家伙出现之前他没跟你妈凑到一起。你本来可以成为我异父异母的弟弟。当然喽，要是咱俩结婚的话，那多少就有点乱伦的性质了。

我母亲通常不会跟人约会的，我对她说。跟这个家伙玩纯属一场意外。

我俩坐了一会儿，谁也没有吭声。她又往咖啡里倒了五六包纤而乐。我使劲地找着话题。

你相信这个逃犯的事情么？她说。我爸说跟邻居讨论过这件事儿，那个人是州里的警察。我猜警方以为他还在本地区，是因为他们为假日周末设起了路障，他们觉得如果他试图出城的话，那他们应该会发现他的。当然喽，他可以藏在别人的后备厢之类的地方，不过他们觉得伤口愈合之前他会一直躲藏下去的。他们坚信至少在跳出窗户的时候他把腿弄折了。

就算他在这一带，没准他也没有多坏，我说。大概他只想管好自己的事情。

直到这时，尽管我已经觉得他要抢走我的母亲，听到别人说他很糟糕还是让我觉得不太舒服。可笑的是，尽管我已经开始希望他能消失掉，可我还是无法因为他想跟我母亲在一起就对他大加埋怨。他跟她做的所有事情也只是我希望自己也能跟哪个女孩做的。

我真不明白大家为什么会这么生气，我说。他或许没有什么危险。

我猜你是还没看过报纸吧，她说。他们为这件事情做了一个采访，采访的是被他杀死的那个女人的姐姐。不仅如此，他把自己的孩子也给杀了。

有时候事实不只是报纸上写的那点内容，我说。我本来很想一五一十地告诉她曼蒂是如何嘲笑弗兰克的，她如何哄他娶了自己，让他以为小弗朗西斯是他的儿子，实际上根本就不是，尽管这样他还是那么爱他。可是这些事情我没法说，我只能干坐着，翻着自动点唱机遥控器上的目录，想看看有没有能调节气氛的歌。

普莱斯玛的一个收银员见到过他。看到他的照片后她就打了报警电话。他跟一个女人，还有一个小孩在一起。很有可能是人质。她希望得到赏金，可是只是看到他还不够。从我母亲把我流放到这个镇子以来这里终于出了一桩好玩的事情。

我知道他在哪里，我对她说。我家。

我付了账——我的和她的——然后我俩离开了餐馆，去了录像店。她说有一部片子我应该看一看，《邦妮与克莱德》①，讲的是一名罪犯绑架了一个漂亮的女人，还让她跟

① 1967 年拍摄的一部美国犯罪影片，根据真实事件改编。剧中主人公为美国历史上著名的鸳鸯大盗邦妮·派克（1910—1934）和克莱德·巴罗（1909—1934），他们于二十世纪三十年代在美国中部犯下多起抢劫案，克莱德至少杀害了九名警察，1934 年 5 月两人被路易斯安那州警方设伏击毙。

着自己一起抢银行。她说跟派翠西亚·赫斯特不同，邦妮没有钱，但是她躁动不安，百无聊赖，就像我母亲在弗兰克出现时的状态一样。克莱德魅力逼人，就像派翠西亚·赫斯特事件中的那个男人一样。

沃伦·比蒂[1]，她说。现在他已经很老了，不过拍片子的那会儿他是有史以来最帅的男人。我母亲说即使在现实生活中他也会对别人产生那种感召力。在好莱坞他总是能找到陪他睡觉的女人，即便她们都清楚他还在跟别人睡觉。她们就是控制不住自己。

在电影中邦妮和克莱德爱上了彼此。他俩开着车四处逛，持械打劫银行和商店，在车上过夜。奇怪的是克莱德都没法跟邦妮做爱。他对这种事情有一种病态的恐惧，不过即便不做爱，仅仅因为他的魅力她一样还是失去了自己的主见。最后他俩都被杀死了。被他俩当作朋友的，跟他俩也是一伙的那个人为了逃脱牢狱之灾就把他俩给出卖了。

影片结尾的时候有一幕，联邦探员一路跟踪，最终伏击了他俩，埃莉诺说。邦妮被打死的那一刻屏幕上流了那么多的血，看录像的时候我母亲都没法睁开眼睛，不过我看了。都不是一枪毙命。他们用的是机关枪，她的身体在车座上跳了起来，抽搐着，子弹不停地打在她身体上的其他地方，都能看到血从她的衣服里渗了出来。

扮演邦妮的是费·唐娜薇[2]，她说。她漂亮得不可思议。

① 亨利·沃伦·比蒂（1937年3月—），美国演员、导演、编剧和制片人。他曾经获得奥斯卡奖和金球奖。2008年获得美国电影学会终身成就奖。
② 费·唐娜薇（1941年1月—），著名的美国电影演员，代表作有《我俩没有明天》《唐人街》《电视台风云》，由于气质高雅出众，金发费·唐娜薇颇受知识分子阶层观众青睐，曾获得奥斯卡最佳女主角奖，金球奖最佳剧情类电影女主角等奖项。

在影片中她穿的衣服也令人叫绝。不过他们打死她的时候她穿的那身倒不怎么出众，其他场景中的一些行头很美。

我对埃莉诺说我觉得不怎么样，租这个带子。要是我母亲和弗兰克看到我在看这种片子，他俩或许会想歪的。

其实是我自己不想看。想想她讲的那个片断，就是邦妮被打死的那一幕，我知道自己跟埃莉诺的母亲会有类似的感觉。尤其是想到这一幕或许会让我联想到眼下的情形。

你能想象得出么，你妈妈遭到伏击、被打死的情景？埃莉诺说。你还在一旁看着。他们大概不会冲你开枪的，你还是个孩子，不过你会目睹到整个过程。肯定非常痛苦。

她说这些话的时候我俩一直站在录影带出租店外面。一个女人推着婴儿车从我俩身旁走过。一个男人把一盒录像带放进了还带子的窗口里。高温似乎是从人行道上散发出来的。**热得都能煎鸡蛋了**，有一次我听到一个人这么说。**拉斯维加斯歌舞女郎的乳头**。吸了毒的脑子。我俩离开空调房不过才几分钟我的衬衫就已经粘在了身上。

埃莉诺又戴上了她的那副墨镜，又大又圆的太阳镜把她的半张脸都给遮没了，她盯着我看了一会儿，墨镜太黑了，我看不到她的眼睛。然后她伸出又长又细的胳膊，摸了摸我的脸。她的手腕就像扫帚把一样细。她在手腕上画了一条虚线，大概是用圆珠笔画的，还写了几个字，**割此处**。

我有种十分奇怪的感觉，埃莉诺说。我就想这么干，但是你会觉得我很奇怪，不过我不在乎。

我没觉得你奇怪，我说。我一直让自己不要撒谎，但眼下的情况例外。

她摘掉墨镜，把墨镜折叠好后塞进了挎包里。她朝四下里瞟了一圈。又舔了舔嘴唇。然后就凑了过来，亲了我。

我打赌你从来没干过这事儿，她说。你会永远记住的，我是你的初吻。

回到家时已经将近五点了。母亲和弗兰克坐在屋背后的门廊上喝着柠檬水。她脱了鞋，手里拿着一瓶指甲油。她的腿架在他的腿面上，他正在给她的脚指甲上涂大红色的指甲油。

你父亲打过电话了，她对我说。他半个钟头后就过来。我刚才还担心你没法及时赶回来。

我告诉她我这就准备出门了，然后就上楼去冲澡。弗兰克的剃须刀也摆在浴室里。还有剃须膏。排水口四周还盘着几根他的黑色毛发。就是这种感觉，有个男人在家里的感觉。

我寻思着趁我不在家的时候他俩是不是洗了个鸳鸯浴。电影里的人就是这么干的。我想象着他从她身后爬了起来，用胳膊环绕着她的脖子，亲吻着他留下印记的地方。他的舌头伸进了她的嘴里，就像埃莉诺把舌头伸进我的嘴里一样。

水从她的脸上淌了下来。又滚过她的乳房。她把手放在他的身上。就是我现在正摸着的地方，我摸着自己的身体。

我想着埃莉诺，雷切尔，还有去年的社会研究课程的老师伊文路德女士，她敞着衬衣最上面的两颗扣子。我想着《霹雳娇娃》里的凯特·杰克森，还想着那一回在镇里的游泳池里一个给别人看孩子的女孩抱着两岁大的孩子从水里走了出来，她没注意到上半截泳衣被扯了下来，半个乳头露在外面。

弗兰克和我母亲在夜里发出的声响。想象着我自己的床，而不是她的床，一下下地撞在墙上。埃莉诺也在床上，不过比她本人丰满一些。这个埃莉诺长着一对饱满的乳房，不算太大，但比现实中的要大一些。我摸着那对乳房，母亲经常播放的那首歌从墙壁另一侧传了过来。

苏珊娜带你去了河边的家。

从某种特定角度理解音乐的话，不管怎么听，实际上他们唱的一切都可以当作是跟性有关。世界也可以这么理解，实际上发生的一切都多少具有双重意义。

我听到弗兰克就在门外，正在冲洗油漆刷。等我父亲过来时他就得躲起来。倒不是说我父亲会待很久。每次不等他上了门阶我就已经出去了，好让他俩——我父亲和我母亲——说说话。或者什么也不说，通常是这样的，这才是最糟糕的。

通常，我会在腰里裹一条浴巾穿过过道，回自己的房间去。可现在弗兰克在这里，我为自己瘦瘠麻秆的身板、毫无肌肉的胸脯、窄窄的肩膀感到害臊。要是他愿意的话，他完全可以把我拎起来，将我一把捏扁。

我也能捏扁他。用另一种方式。

你打算什么时候给他们打电话？埃莉诺问我。警察。

再等等吧，我想。我得好好想想这事儿。

我希望自己不用考虑，可我没法忘记那一切。母亲坐在厨房里的餐桌旁，他给她端来一杯咖啡的情景。没什么大不了的。他只不过帮她给饼干上涂了点黄油，但是涂得一丝不苟。像他给我俩示范过的那样，将饼干掰开，而不是切开，这样饼干上有更多的地方能让黄油渗进去。她咬了一口，一滴果酱粘在了她的脸上。他拿着餐巾纸在自己的水杯里蘸了蘸，轻轻地擦掉了那滴果酱。他的手碰到她的时候，她的眼神就像是一个在沙漠里游荡了很久的人突然看到了水的样子。

早餐，他说。除此以外还需要什么呢？

记住这一刻，她说。

Chapter Seventeen

{　　　第十七章　　　}

———

在你父亲走后我一直想着永远一个
人过下去，母亲说。我以为自己再
也不会在意什么人了，她说。除了
你之外的其他人。我以为自己不会
再对任何事情抱有希望了。

父亲和玛乔丽买了一辆客货两用车，后门是滑动式的，不像我家这辆旅行车的开门。这款车刚刚投放市场，这就是说在这款车开始销售前父亲和玛乔丽已经提前好几个月预定上了。在道奇车的特许经销店里最先出现的是暗红色的车，玛乔丽不喜欢这种颜色。她想要一辆白色的车，她不知道从哪里读到过一篇文章，据说白色车辆发生车祸的概率最低。

　　理查德和克洛伊是我最贵重的货物，她说。继续开口之前她停顿了片刻。当然还有亨利。

　　最后他俩还是开着暗红色的车回了家。你父亲的驾驶纪录完美无缺，玛乔丽说，好像我们谁在担心死在路上似的。我更发愁不能坐车出去玩。一直待在家里才是真正让我担心的事情。这倒不是说跟着父亲和玛乔丽上弗兰德里斯对我来说算是妙不可言的出游。

　　他们总是一刻不差地在五点半开着车出现在母亲的房子前。我总是坐在门阶上等着他们。尤其是这一次，我不希望父亲有机会走到门口，朝屋里瞄上一眼。

理查德坐在后座上，旁边是坐在婴儿安全座椅里的克洛伊。理查德戴着耳机听着唱片。我爬上车的时候他连眼皮都没抬一下，克洛伊倒是看了看我。这一次她已经能开口说话了。她拿着一根香蕉，吃了一点，大部分都糊在了她的脸上。

小羊羔，亲亲你哥哥，玛乔丽说。

没关系，我对她说。有这个想法就行了。

儿子，这大热天怎么样？父亲说。幸好拖车里有空调。这样的周末，我只想待在车上。

明智的想法，我说。

亨利，你母亲怎么样？玛乔丽说。提到我母亲时她的声音听上去就像是在询问一个癌症患者似的。

很好，我对她说。

如果说这世上有一个人我不愿意让她知道我母亲的情况，那这个人就是玛乔丽。

就要开学了，你妈妈刚好可以找找工作，玛乔丽说。比如，大学生都要返校了。一周做上几个晚上的女招待，或者类似的事情。只是为了让她走出家门一会儿。再赚点小钱。

她有工作，我说。

我知道。维生素片。我是想或许可以换个更靠谱的工作。

好啦，儿子，父亲说。七年级了。感觉怎么样？

没什么好说的，所以我没吭声。

这个赛季理查德想打打长曲棍球，是不是啊，里奇？父亲说。

坐在我旁边的理查德和着我们都听不见的歌曲一下一下地点着脑袋。即使他听到我父亲在冲他问话，他也丝毫没有反应。

你呢，老小子？父亲还在说着。曲棍球应该挺不错的。还有足球。橄榄球大概还不行，除非你能再长点肉，嗯？

下个世纪都不可能打橄榄球，我说。大概曲棍球也不行。

我告诉他我在考虑报名参加现代舞小组。

只是想看看他会作何反应。

我不知道这个决定是否明智，父亲说。我知道你母亲对跳舞的看法，不过别人或许会误解你的。

误解？

你父亲是想说别人会以为你是同性恋，玛乔丽说。

没准别人会以为我是想跟很多穿着紧身衣的姑娘待在一起，我对她说。我说这句话的时候理查德抬头看了一眼，我想他大概什么都听到了。他只是不想掺和进来，这很正常。

终于到了弗兰德里斯。理查德从自己那边的车门跳下了车。

帮我抱一下你妹妹，好么？玛乔丽说。

我早就想到这是她的手段，试图让我和克洛伊培养起感情。

或许还是应该你来抱她，我说。我想她的尿布上有东西。

我点的永远不变：牛肉汉堡和薯条。理查德吃的是奶酪汉堡。我父亲点的是牛排。玛乔丽对体重很小心，她要了一份健康沙拉和鱼。

好啦，你们这些小短腿猫期待回到学校么？她说。

不太期待。

不过一切恢复正常后你也就适应了。又可以见到老朋友了。

没错。

不等你俩意识到，你们这两个小子大概就要开始约会了，她说。像你们这样的女性杀手啊。要是我还在上七年级的话，在我眼中你俩就是最迷人的。

妈妈，恶心死了，理查德说。不管怎么说，要是你还在上七年级，那我就还没出生呢。要是我出生了，你又觉得那么迷人，那就算是乱伦了。

他们这些话都是从哪儿听来的？玛乔丽说。

她跟我父亲说话的时候完全是另一副腔调，跟她对理查德、克洛伊，还有我说话时的声音完全不同，跟她提到我母亲时的也不一样。

玛乔丽说的没错，我父亲说。你俩到年龄了。青春期的狂野和奇妙，他们就是这么说的。或许现在咱们该开诚布公地谈一谈这个问题了。

我已经谈过了，跟我真正的父亲，理查德说。

那么，儿子，我想那就是你跟我的谈话了，我父亲说。

好吧，我说。我已经了解得够多了。

我相信最基本的知识你母亲已经给你讲过了，除此以外还有一些事情只能通过男人才能了解到。家里没有男人的话这就很难办了。

有一个，我大喊了一声，在我的心里。家里有一个男人也同样难办，如果他每天晚上都把你母亲的床头板不停地往墙上撞的话。如果他跟她一起洗澡的话。这会儿他俩大概就在家里，在做这件事情。

女招待拿来了甜点单，收走了盘子。

很不错吧？玛乔丽说。全家人像这样坐在一起。你们这两个小子好好处一处。

理查德又戴上了耳机。克洛伊的手在我的耳朵上。她在扯我的耳朵。

谁还能吃得下圣代冰淇淋？父亲说。

只有他和小宝宝还有胃口，不过小宝宝的冰淇淋基本上全都糊在了脸上。我已经想到了回家后说再见的时候他们会叫我亲一亲她。我得找一块没有巧克力酱的地方，比如她的后脑勺或胳膊肘。然后尽快脱身。

我回到了家，弗兰克正在洗碗。母亲坐在餐桌旁，脚架在另一把椅子上。

你母亲真算是个舞蹈家，他说。我没法跟上她。在这种天气里大部分人都不会跳林迪舞①的。不过她可不属于大部分人。

她的鞋——舞鞋——摆在餐桌下面。她的头发像是被打湿了，或许是因为跳舞，或许是因为这种生活。她正喝着酒，不过我走进屋的时候她放下了酒杯。

过来。我想跟你谈一谈。

我不知道她是不是已经看透了我心里在想什么。毕竟这么长时间以来一直只有我跟她两个人，或许她猜出了我的心思，我的打算。或许她知道我和埃莉诺都聊了些什么，拨打警方热线。我会一口否认，但是母亲会了解到真相的。

一时间我想象着接下来将要发生的事情。弗兰克把我捆了起来。用的不是丝巾，是绳子，或者强力胶带，没准两样都会用。我无法想象母亲会任由弗兰克这么干，可是埃莉诺说过一旦涉及性，那一切就都变了。看看派翠西亚·赫斯特，她的父母那么有钱，她还是会去抢银行。看看那些跟查尔斯·曼森②混在一起的女嬉皮士，很快她们就开始杀猪宰人了。性让她们失去了底线。

弗兰克要我嫁给他，她说。

我知道眼下的情形非比寻常。有一些麻烦。但这也不是咱们头一回意识到生活是这么复杂。

亨利，我知道你才刚刚认识我，弗兰克说。你可能对我

---

① 二十世纪三十和四十年代美国流行的一种黑人舞蹈，节奏欢快，多配以爵士乐。② 查尔斯·曼森（1934年11月—　），美国罪犯，二十世纪六十年代末在加利福尼亚州领导着臭名昭著的犯罪团伙曼森家族。此处提到的"杀猪"指的是曼森家族在杀人后会在墙上写下"猪"的字样，尤其是在著名的莎朗·蒂（导演波兰斯基的妻子）谋杀案中。

有些误解。我不怪你。

在你父亲走后我一直想着永远一个人过下去，母亲说。我以为自己再也不会在意什么人了，她说。除了你之外的其他人。我以为自己不会再对任何事情抱有希望了。

我绝对不会横在你和你母亲之间的，弗兰克说。我只是想咱们可以成为一家人。

我想问问他这怎么可能，他俩去了爱德华王子岛，每天晚上我跟我父亲和玛乔丽，还有她那两件好得只能坐白色汽车的贵重货物共进晚餐。我想说，妈妈，或许你最好还是想想过去吧，上一次这个家伙成家的时候。看起来他在家庭部门的纪录不怎么样。

可是直到这时，尽管我那么恼火，那么害怕，我还是知道这样说不公平。弗兰克不是杀人凶手。我只是不想让他带走我的母亲，却把我给抛下。

咱们得离开这里，母亲说。咱们得更名改姓。用别的名字开始新的生活。

换句话说就是，他和她。他俩。消失了。

事实上我一直梦想着这种生活。有时候，坐在学校里的西伯利亚餐桌上，我会想象一番国家航空航天局征集志愿者去其他完全不同的星球生活，我们也可以加入和平队，或者跟特蕾莎修女一起在印度工作，要不就参加证人保护项目，做整容手术，改变容貌和身份证，身份证上的名字都是全新的。他们会跟我父亲说我死于一场火灾。他会伤心的，不过也会挺过来的。玛乔丽会开心的。不需要再额外供养一个孩子了。

我们觉得加拿大不错，她说。那里也讲英语，咱们不需要护照就能过境。我还有点钱。实际上，弗兰克也有一些，他祖母的农场，只是如果他想要回去的话，他们就会发现他，所以咱们没法动那块地。

我一直没有吭声。我看着她的手。心里想着以前我俩一起坐在沙发上的时候她常常用这双手抚摸着我的脑袋。这会儿她也把手伸了过来，想要摸一摸我的头发，不过我把她推开了。

很好，我说。一路顺风。我猜咱们还会再见到彼此吧。在未来，嗯？

你在说什么啊？她说。咱们都要走的，你这个大笨蛋。没有你我怎么活得下去？

就是说我一直想错了，他俩没有打算扔下我。听听她是怎么说的，我们要一起去冒险了，我们三个人。埃莉诺给我灌输了多少愚蠢的念头。我真不该这么糊涂。

除非这是一场骗局。如果是的话，没准我母亲自己也不清楚是怎么回事。可能是弗兰克耍的花招，为了劝服她跟自己一起离开这里，告诉她我晚点就会追上他俩，可是我根本就不会出现。突然间，我不知道该相信什么了。我不知道什么才是真的。只有一件事情确定无疑：母亲的手不再像平时那样颤抖个不停了。

你得离开现在的学校，母亲说，好像这件事对我来说有多困难似的。你不能跟任何人说你要去哪里。把行李一装上车咱们就上路了。

路障呢？路上的巡警呢？报纸上和新闻里的照片呢？

他们寻找的是一个孤身男子，她说。他们不会想到一家人的。

又是这句话，每次这句话都会打败我。我仔仔细细地打量着她的脸，想看看是否有迹象显示她在撒谎。我又看了看弗兰克，他还在洗碗。

直到这时我才注意到他看起来不一样了。当然，还是那张脸，还是那副高挑、精干、肌肉发达的身板。可是他的头发，之前是灰褐色的，现在成了一头黑发。染过了。连眉毛也给染了。他看起来竟有点像约翰尼·卡什。还是在伊夫琳和巴里常常过来串门的那些日子里我知道了他的唱片。不知道为什么，巴里很喜欢《福尔森监狱现场音乐会》，我们就总是放着这盒磁带。

我开始憧憬起我们三个人在某个地方——突然想起了爱德华王子岛。母亲会种一园子的花，拉她的大提琴。弗兰克可以给别人家刷房子，修理东西。到了晚上，他为我们做饭，吃完饭我们在小小的农舍里坐在一起，打打扑克。他俩睡在一起也没什么问题，反正我也大了。我也有了自己的女朋友，跟她一起去小树林，或者去海边的悬崖，下面流淌着墨西哥湾流。她从水里出来，赤身裸体，我拿着毛巾等着她，为她擦干身子。

我需要征得你的允许，弗兰克说。你是她唯一的家人。对于这件事情我们需要你的同意。

他说话的时候她一直攥着他的手。不过同时也攥着我的手，至少在这一刻看起来这种事情完全有可能，甚至也完全合情合理，一个人可以同时爱着自己的儿子和情人，不会少了谁的。我们都会很幸福的。她的幸福只会对我有好处。我们的相遇——不光是他发现了她，而是我们三个人——对我们三个人来说都是很久没有碰到过的好事了。

好的，我说。我没什么问题。加拿大。

{ 　第十八章　 }

———

一开始很柔和，后来音量就提高了。接着床头板又开始撞起了墙壁。她那小鸟一般的叫声。他的声音，像是一只狗梦见了别人给自己的一块骨头，重温着那种感觉，吮吸着汁水。

本以为天气再也热不到哪里去了，可是气温还是在不断攀升。这天夜晚格外热，我连被单都没盖，只穿着大裤衩躺在床上，肚子上还盖了一块湿布，床边还放着一杯冰水。我觉得母亲和弗兰克应该会休息一个晚上，不会做以前那些事情，要是还要做的话，这样的温度似乎只会让他俩比以往更疯狂。

前几个夜晚他俩似乎一直等到确定我睡着之后才开始——他俩以为我睡着了，这天晚上或许是因为他们跟我说过了结婚，还有我们三个人一起去加拿大的事情，或者也可以说我已经祝福过他俩了，还没等我这边熄灯他俩就开始了。

阿黛尔。阿黛尔。阿黛尔。

弗兰克。

他那像约翰尼·卡什一样低沉的咆哮声。她的则那么柔和，悄无声息。一开始很柔和，后来音量就提高了。接着床头板又开始撞起了墙壁。她那小鸟一般的叫声。他的声音，像是一只狗梦见了别人给自己的一块骨头，重温着那种感觉，吮吸着汁水。

躺在一片潮湿闷热的空气中，一丝风也没有，窗帘都静止了，我想着埃莉诺，好让自己忘掉其他事情。抛开瘦骨嶙峋的身材，她还是挺漂亮的。或者说并不漂亮，但她身上涌动着一股能量。让人觉得碰一下她就可以被电击中，倒不一定就是坏事。亲我的时候她透着一股维克斯清凉油的味道。桉树油。她把舌头插在我的耳朵里。

她有点疯狂，不过这或许是件好事。如果她是平常人的话，那她就会知道跟我交朋友绝对是她的失策，如果她还打算在我们学校站稳脚跟的话。即便暂时不清楚，要不了多久她也会意识到的。在图书馆的时候我跟她说了这个问题，她只是看着我。

一开学你或许就不再想看到我了，我对她说。受欢迎的孩子们会觉得你是个废物。

她说，我干吗要跟那些人交朋友？

现在，我想象着我们俩又开始接吻，这一次不是站在地上。躺下了。她把手放在我的头上，手指拢着我的头发。她就像一只流浪猫，营养不良，小心翼翼，带着一点大森林的野劲。她或许会突然跑掉。或者猛扑过来。你永远不知道她是要舔你的脸，还是在你的身上挠几下，让你鲜血直流。

我想象着她脱去身上的衬衫。她甚至没有戴胸罩。没这个必要。不过她的乳房，虽然之前我以为那里完全是一块平地，其实还是稍稍隆起了一点，小小的粉红色乳头也比想象的要挺一些，像一对图钉。

你可以亲亲这里，她说。

弗兰克和我母亲在隔壁大概也在做同样的事情，不过我不愿多想那幅场景，于是我又把注意力转回到埃莉诺身上。

你想让我把嘴放在哪里？她说。

清晨，咖啡味。弗兰克在院子尽头的灌木丛里找到一些野蓝莓，他做了一些薄饼。糟糕的是咱们没有枫树蜜，他说。还在祖父母农场的时候，每年到了三月他们就把树割开，采集树汁，在小棚屋里熬糖。他们会熬出一些枫糖浆，用来涂在饼干上吃的。

一到加拿大我就会拼命地工作，他说。我希望让你拥有一切。一个漂亮的厨房。门廊。高脚床，透过窗户就能看到上下起伏的田野。明年夏天，我还要搞一片花园。

老弟，你跟我，他说。咱们能好好打一打棒球了。到了春天，我要让你连落在手套里的子弹都能接稳了。

电影里就有这样的情景，为了描绘两个人坠入爱河。《虎豹小霸王》是个不错的例子，除此以外还有很多这样的片子。

他们没有展示各种细节，只是放了一些琅琅上口的爱情歌曲，随着情节的发展你会看到两个人一起快活地玩耍着：骑自行车，手牵手跑过田野，或者吃冰淇淋，坐旋转木马。他俩进了一个餐馆，他用叉子给她喂着意大利面。他俩坐在一条划艇上，结果船翻了，等两人的脑袋冒出水面后他俩都哈哈大笑了起来。谁都没有被淹死。一切都那么完美，就算搞砸了，比如出现翻船这种情况时，也仍然存在着完美的部分。

这一天，你也可以为我们三个人拍一段类似的影片，不过影片中出现的不是坠入爱河的两个人，而是三个人，就要变成一家人的三个人。很平淡，但很真实，就从蓝莓薄饼开始，一直拍下去。

洗完碗弗兰克和我又练习了一会儿传球接球，他告诉我现在我已经提高了不少，这倒是真的。接着母亲也出来了，我们一起洗了车，快要洗完的时候她把水管对准了弗兰克和我，我俩成了落汤鸡，因为天气炎热这种感觉还挺不错的。然后弗兰克从我母亲手里接过水管，对着她喷了一会儿，她也湿透了，只能进屋去换衣服，接着她喊我俩进屋，在楼下等着，她要来一场时装秀。事实上是专门为弗兰克准备的时装秀，不过我也喜欢看一看，她换了一身又一身，迈着轻盈的脚步在房间里走来走去，就像是 T 形台上的模特，或者美国小姐选美大赛的参赛选手。

她换了好多身衣服给他看，好些衣服我还从来没见她穿过，大概是因为她从来没有机会穿吧。看得出他很喜欢这场表演，我也喜欢，只不过我俩的角度不同。她那么美丽，令我感到骄傲。我也喜欢看到她这么开心的样子。我希望她开心，这是真心话，而且看到她这副样子我也就能摆脱麻烦了。我不用再一刻不停地替她担心，也无须再绞尽脑汁地琢磨一些办法，好让她振作起来。

吃午饭的时候弗兰克又烧了一道令人叫绝的汤，这一次是用土豆和洋葱烧，等汤放凉后他才端上来，在这种大热天喝到这样的汤真是太棒了。然后我母亲决定给他理理发。弗兰克说他觉得我也应该理理发，然后他就帮我剪了剪。他理发的手艺好得出奇。他说在监狱里给大家理过发。他们不允许犯人留着剪刀，不过他们那一牢区的一个家伙在院子里一块松动的水泥地下藏了一把。

弗兰克几乎没有怎么提过去这十八年生活的地方，现在他终于开口了。一名警卫发现了剪刀，他们的发型又恢复成了监狱特有的板寸，大伙儿常常缅怀弗兰克给他们理发的那些日子。

我母亲教他跳了德州两步舞，因为腿的问题他跳得不太好。

阿黛尔，他对她说，只要我一彻底恢复，我就带你寻欢作乐。

他说的是在加拿大。

天这么热，我们没有胃口吃晚饭，不过母亲爆了点爆米花，上面还有融化的黄油，我们把枕头摊在电视机前的地板上，看了一部电影，《窈窕淑男》①。

过境时咱们也可以这么办，母亲对弗兰克说。把你打扮成一个女人。你可以穿上我的衣服。

她的话又把我们拉回到眼前的现实。整整一天我们装成三个无忧无虑的人，最棘手的事情也不过是让水池的过滤器保持畅通无阻，可是一想到跨过边境线，进入另一个国家，车上装着我们全部的家当，告别过去的生活，不知道去往何方，只知道离开这里时，我们就突然陷入了沉默。

为了打破沉默，或许吧，母亲说达斯汀·霍夫曼扮成女人还挺不错的。

我更喜欢杰西卡·兰格②那样的，我说。

我更喜欢阿黛尔这样的，弗兰克说。

片子播完了，我对他俩说我累了，然后就径直上了楼，不过没有上床。我在书桌前坐了一会儿。我在想自己应该给父亲写一封信。我猜得有好长时间见不到他了，见到他的时候很难算得上开心，不过见不到他了我还是挺难过的。

亲爱的爸爸，我写道。我不能告诉你我要去哪里了，但我不想让你替我担心。

亲爱的爸爸，我重新开了头。可能得有好长时间你听不

① 被权威机构排名为美国最具喜剧效果第二名的影片，由达斯汀·霍夫曼主演。
② 杰西卡·兰格（1949年4月一　），美国演员，曾经以电影《窈窕淑男》与《蓝天》分别获得1982年与1994年的奥斯卡最佳女配角奖及奥斯卡最佳女主角奖。

到我的消息了。

我想让你知道，我真的很喜欢你带我出去吃饭。

我想让你知道，我很喜欢你辅导我做自然课作业。

我知道带我们所有人一起去迪斯尼乐园对你来说有多么不容易。

我很开心，还有其他孩子陪在你身边，让你不会闲着。

我一点也不怪你。

有时候人们一阵子不见面反而对彼此都是好事。等团聚时他们就会有很多事情可聊了。

你不用为我担心，我写道。我没事的。

替我跟理查德和克洛伊道别。还有玛乔丽。

写到最后一行时我犹豫了好一会儿。写下了*你真诚的*，然后又改成了简单的*真诚的*。最后我把这个也划掉了。心想有着这么一块涂黑的在信上太蠢了，要是他仔细看的话还是能辨认出我原先写的是什么，想着想着我就写下了*你诚挚的*。总比另一个选择稳妥一些，要不然就得写*爱你的儿子*了。

{　　第十九章　　}

———

我躺在那里，等待充满柔情的低语声从墙那边传过来，可是悄无声息。我屏住呼吸，听到的却只有自己的心跳声。我想念他俩的声音。

星期二早上。明天就要开学了。母亲在清理冰箱。她已经开始把东西打包，准备装上车了，不过东西少得可怜。家里的碗碟都是古德韦二手商场的货。还有几口汤锅和平底锅，也同样没什么特别的。咖啡壶。

我们得带上她的收录机，电视倒不用带。我从楼上下来后就打开了电视，看着电视吃着麦片。杰瑞·刘易斯的节目终于结束了，不过里吉斯和凯茜·李又出来了。

我绝对不会怀念这种声音，母亲指的是电视。在爱德华王子岛上咱们可以听鸟叫。

亨利，你知道我们打算干什么吗？她说。我们要给你搞一把小提琴。还要再找一位上了年纪的加拿大小提琴手来教你拉琴。

她不打算带走自己的大提琴，毕竟那把琴不归她所有，不过想想我们要犯的重罪，跟弗兰克一起穿越边境，偷走租来的大提琴也没什么大不了的。没关系，她说。到了那儿我还会搞到的。这次要一把正常规格的。等你学会了小提琴，咱俩就可以一起拉琴了。

令她难过的是我们没法带走家里这些生活用品，厨房纸巾和厕纸，我们储备的金宝汤罐头。弗兰克说车上没地方装这些东西，至少说，在边境上一旦有人拦住我们，朝车里看上一眼，我们看起来就太可疑了。她可以带几件衣服，但是不可能全带走。她最棒的舞蹈服装，那些闪闪发光的舞裙和丝巾，别着绢花的帽子，踢踏舞鞋和柔软的皮芭蕾舞鞋，还有她以前跳探戈时经常穿的高跟鞋。她只能挑几样最喜欢的。没有多余的地方。

她还得带上我们的影集。自童年起她就几乎没有留下多少相片，我的相片倒是装了六大本皮面影集，不过凡是跟我父亲的合影她都用刀片把她的脸裁掉了。在一些跟我——两岁、三岁、四岁——的合影中她穿着肥大的上衣，显然正怀着孕。翻到下一页上孩子就没了。不过在一本影集的最后面有一个脚印，比邮票大不了多少。费恩。

对我来说，令我惦念不忘、需要带走的东西倒没有多少。我的《纳尼亚传奇》和《魔术大全》，还有小时候看的《小狗波基》和《好奇的乔治》。我那张阿尔伯特·爱因斯坦吐着舌头的招贴画。

真要说起来的话，我最在乎的还是乔。从宠物店把它带回家之后它就再也没有坐过车了，我想要是它感到害怕，我就把它从笼子里抱出来，让它在我的衬衫下面待一会儿，在那里它能感觉到我的心跳。即便哪里也不去，有时候我还是喜欢这么做。我也能感觉到它的心跳，比我的快一点，就在它柔软顺滑的皮毛下。

持续高温的这几天里它的状况一直不太好。接连好几天它都对自己的轮子提不起兴趣。它干躺在笼子里，呼哧呼哧地喘着气，目光呆滞。食物它连碰都没有碰一下。我用滴管给它喂了一点水，要喝下去它就得站起来，结果看起来它连喝水的力气都没有。

这天早上我对母亲说，我很担心乔。不到天凉下来我不想让它坐车。

亨利，咱们得谈一谈这个问题，她说。我想他们不会允许仓鼠入境的。

咱们可以偷偷带过去，我说。我可以把它放在我的衬衣里面。我本来就打算这么做，这样它就不会害怕了。

一旦他们发现乔，他们就会把所有的行李都翻一遍。很快他们就会发现弗兰克的身份。警察会逮捕他。把咱俩遣送回来。

它是家里的一份子。咱们不能把它扔下不管。

咱们可以给它找个好人家，她说。没准杰维斯夫妇会把它留下给孙子孙女。

我看了看弗兰克。他蹲在地上，正在擦洗地板上的油毡布。母亲说过他们希望一切看起来都很好。她不想让别人对

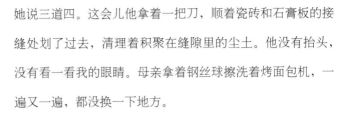

她说三道四。这会儿他拿着一把刀，顺着瓷砖和石膏板的接缝处划了过去，清理着积聚在缝隙里的尘土。他没有抬头，没有看一看我的眼睛。母亲拿着钢丝球擦洗着烤面包机，一遍又一遍，都没换一下地方。

要是乔不去，那我也不去，我对她说。在这个家我只在乎它。

她很清楚这会儿最好不要跟我说咱们还会有新的仓鼠，或者一只狗，尽管我一直都想要一只狗。

你都没问一下我再也见不到父亲我有没有什么想法，我说。别人还有兄弟姐妹。而我就只有乔了。

我知道这么说会对她产生怎样的作用。从外表看她的五官还都保持在原处，可是此刻她看起来像是有人给她注射了化学针剂，药剂对她产生了一种奇怪的作用，而且还让她中了剧毒。她的肌肤就像是给冻住了一样。

它可能会把一切都搞砸，她说。她的声音小得让我几乎无法听清。你这是在叫我为了一只仓鼠而将我深爱的男人置于危险的境地。

她把这一切说得那么荒诞不经，我恨死她的这番话了。就好像我的一生都建立在一个笑话上似的。

只有你关心的事情才重要，我说。你跟他。你无非就是想跟他上床，操来操去。

这个字我从来没有说出口过。在家里我也从来没有听到有人这么说过。现在听到它从我自己的嘴里冒了出来，我终于知道仅仅一个词居然会产生这么大的威力。

我还记得上一次她把牛奶倒在地上时的情景，还有一次她坐在壁橱里，用一块布蒙住自己的眼睛，她的声音听上去就像是垂死的动物，后面这件事情太久远了，记忆已经变得像几乎彻底褪了色的拍立得照片一样。很久之后我才意识到那时应该是孩子刚刚死去。最后一个孩子。那一幕我早已遗忘得一干二净了，可是此刻我仿佛又看见她蹲在地上，外衣披在她的头上，我们的冬靴，还有一把雨伞和吸尘器的皮管在她脚边乱七八糟地摊了一地。我从未听过这种声音，一听到这个声音我就立即朝她扑了过去，仿佛我能把声音堵回去似的。我用手捂住了她的嘴，用衬衫帮她擦脸，可是那个声音仍旧没有消失。

这一次没有声音。这就更糟糕了。我想象中的广岛就是这样，在他们扔了炸弹之后，我写过一次课堂报告。当时无论待在哪里，所有的人都凝固了，脸上的皮肤熔化剥落了，眼睛直勾勾地瞪着。

母亲站在那里。手里还抓着烤面包机。她光着两只脚，擦掉面包屑的抹布也抓在手里。纹丝不动。

弗兰克先开了口。他放下手里的刀，从地上站起身，用长长的手臂揽住了她。

阿黛尔，没事的，他说。咱们能想出办法的。咱们可以带上仓鼠。但是，亨利，我要你向你母亲道个歉。

我上了楼，回到自己的卧室。我把抽屉里的衣服全都拉了出来。球队的运动衫，我一点也不在乎那些球队。棒球帽，有一次父亲带理查德和我去看红袜队的比赛时搞的，在打到第七局的时候我掏出了自己的智力书。阿拉克写来的几封信，我的非洲笔友，早在几年前我俩就失去了联系。一块黄铁矿石，小的时候我坚信那就是金子。得到它的那天我就琢磨着有一天我要把它卖掉，赚上一大笔钱，带着母亲来一场妙不可言的旅行。去纽约或拉斯维加斯之类的地方，就是他们跳过舞的地方。可不是什么爱德华王子岛。

我又去了母亲的卧室，收录机就放在那里。我拔掉插头，把机子抱到自己的房间里，换上了一盒我自己的磁带。枪炮与玫瑰①，把音量开到最大。机子不怎么好使，音量一开大低音就会出现沙沙的噪音，不过大概这正是我要的效果。

一整个下午我一直待在自己的房间里。我把自己的所有物品统统塞进了垃圾袋。在把东西丢进袋子里的时候有几次我迟疑了一下，想着还是留下些东西，可我希望一切都成为历史。一旦有所迟疑，事情就变了。

将近傍晚的时候我装完了最后一包东西。我拎着垃圾走下了楼，打算把所有的东西都堆在垃圾桶那里，这时我翻出了埃莉诺的电话号码。我磨磨蹭蹭地穿过客厅，从母亲和弗

---

① 枪炮与玫瑰，美国著名硬摇滚乐队，1985 年成立于洛杉矶好莱坞，在二十世纪八十年代末及九十年代初期享有盛名。

兰克的身旁走过，朝着电话走去，他俩正在把书架上的书取下来，装进纸箱里，到时候可以放在图书馆旁边的两角五分钱廉价图书销售区，大部分书本来也都是从那里买来的。

让他俩瞎琢磨去吧。

我拿起听筒，拨通了号码。刚响了一声她就接起了电话。

想见见面么？

若是换作其他时候母亲肯定会问我要上哪儿去。这一次她什么也没有问，不过我还是跟她打了声招呼。

我要去见一个认识的女孩，我说。省得你好奇。

母亲转过身，看着我。她的表情让我想起克洛伊出生后父亲头一回来接我时的情景，我们在院子里，车门敞着，我们听到她在嚎啕大哭。就在那时我明白了并非只有拳头才能干掉一个人。

你们不会做的事情我们照样也不会做，我一边说，一边砰的一声把门在身后关上了。

我跟埃莉诺在公园里的游乐场里碰面了，除了我俩就没有别人了。太热了。我俩坐在秋千上。她穿着一条很短的裙子，让人觉得她可能没穿好衣服就跑出来了。

你绝对不会相信我母亲都说了些什么，我说。她觉得我们可以丢下我的仓鼠。

埃莉诺用手指拨弄着自己的辫子。她扯着辫梢横在嘴唇上，好像那是把刷子，她正在给自己的嘴唇刷油漆似的。

这些对你来说可能还比较陌生，不过心理医生会说从对待动物的方式上可以看出一个人的很多问题。这倒不是说你母亲是一个坏人什么的。但是，看一看那些变态杀手，他们几乎全都是从折磨宠物开始的。约翰·韦恩·盖西①，查尔斯·曼森。你真应该看一看他们在对人下手之前对猫都干了些什么。

我恨死他们了，我说。弗兰克和我母亲。她都不考虑一下我的需要。弗兰克装出一副关心的样子，实际上他只是在讨好她罢了。

性就是毒品。我早就跟你说过了，埃莉诺说。

他们以为他们可以管着我。

你才想明白？父母一向都是这样的。咱们还是小宝宝的时候他们的确喜欢咱们，一旦咱们有了自己的想法，或许跟他们的想法不同，他们就得叫咱们闭嘴。就像昨天，我想上的那个学校有个女人打来电话，跟我爸说或许可以想办法让我们分期付款。我在一旁全都听到了。

想听听他是怎么跟她说的么？事实上，我前妻和我都觉得对埃莉诺来说目前最好的选择就是跟家人待在一起。她一直患有饮食紊乱症，所以我们都认为最好还是由家人来监督她。

① 约翰·韦恩·盖西（1942 年 3 月 — 1994 年 5 月），美国连环杀手和强奸犯，在二十世纪七十年代连续犯案。

说的好像他完全是在为我考虑似的。好像跟他拿不出来一万二的学费毫无关系似的，她说。

我母亲都不会跟我父亲说一声要把我带走的事情，我说。她也不跟我商量一下。

事实上，去沿海地区的计划对我还是有一定吸引力的，星期六的晚上我不用再跟父亲和玛乔丽去弗兰德里斯吃饭了。但是母亲不应该想当然地替我做决定。她应该先问问我的意见。

父母总是为一切事情做主，埃莉诺说。只要你举报了这个家伙，让他们把他带走，你母亲就得到教训了。这一回权力变成是在你手中。

直到这会儿我只知道自己有多么愤怒——愤怒，还有各种各样的感觉，都那么闹心。我担心母亲和弗兰克会丢下我不管。其次我还有种被忽视的感觉，在母亲的世界中我不再占据最重要的位置了，我还担心，担心自己不知道接下来还会发生什么事情。但无论我有着怎样的感觉，哪怕像现在这样生气，我还是很清楚我不想给母亲个教训。我想让她开心，真的。只是我希望她的开心是因为我。

埃莉诺说的另外一句话让我几乎打起了寒颤，她说务必让弗兰克被人抓走。我情不自禁地想起了跟他传球接球时的情景，我想起了我俩在厨房里，他为母亲做的桃心形的蓝莓薄饼，他把巴里从浴盆里抱出来，放在床上，给他剪指甲。

想起了他吹着口哨洗碗的模样。还说，美国最有钱的人也吃不上咱们今晚吃的这么美味的馅饼。还说，亨利，看到球了么？

我考虑的不止这些，我说。虽说他们干了这种事情，我还是觉得自己没法干出害他重新回到监狱的事情。要是这次被抓住的话，他很可能得在里面待上好久。因为越狱他们会对他判得更重的。

亨利，这就对了。你忘啦？得把他解决掉。让他从你的生活中消失掉，埃莉诺说。

可是，或许他也没坏到必须烂在监狱里的程度，我说。他是个挺不错的人，只是他想带走我的母亲。而且，要是他重新进了监狱，我母亲肯定会很伤心的。或许就挺不过来了。

她会伤心一段时间，埃莉诺说。到最后她会感谢你的。而且，可别忘了那笔钱。

我还小，我对她说。用不上那么多钱。

开什么玩笑？她说。你清楚这笔赏金可以买到什么吗？你可以买一辆车，等有了驾照马上就能开。你可以买各种各样顶级的立体声音响。你可以去纽约，住酒店。你甚至可以像我一样申请韦瑟维尼中学。我打赌你会喜欢那个地方的。

可这样似乎不太公平。这等于是在告密。他们不应该奖励干这种事情的人。

埃莉诺甩了一下脑袋，把遮在脸上的刘海甩到了后面，然后瞪着那双大得不像样的眼睛看着我，我还从来没在人的身上见到过这样的眼睛，包围着虹膜的眼白全都露在外面，这为她增添了魅力，不过也让她多了几分卡通人物的模样。她伸出一只手，摸了摸我的脸。轻轻地抚摸我的脖子。她又把手向下挪到了衬衫的领口，就像她在电影里看到别人做的一样。我以前没有注意到，她的指甲被咬得很深，都能看到指尖上渗出了血。

她说，亨利，你身上有一样东西让我很喜欢你，那就是你的善良。即便是对配不上的人也是一样。你真的比我认识的绝大多数女孩都细腻得太多了。

我只是不希望有人受伤，我说。我从秋千上站起身，走到一块草地上，坐了下来。她也跟了过来。她抓着我的两个肩膀，把我的身子扳了过去，我俩的脸凑在了一起，我都能感觉得到她的呼吸打在我的脸上。

她又开始亲我。只是这一次就像我梦到过的情景一样，我没有站着，而是躺了下来。她在我的上面，她的舌头又钻进了我的嘴里，不过这一次钻得更深了，她的另一只手顺着我的胸脯滑了下去，越滑越低。

瞧瞧出什么事儿了，她说。我让你勃起了。

她就是这么说的。她什么都说的出来。

咱俩可以做做爱，她说。其实我还从来没做过呢，可是咱俩之间就是出现了这种好玩的化学吸引力。

她开始脱自己的内裤。紫色的，上面还有好多红色的桃心。

这种事情我惦记了那么久，一直都毫无希望，现在居然发生了，可我做不了。周围没有人。可是还是感觉不安全。

我觉得咱们还是应该先深入了解一下彼此，我说。让我厌恶的是一张嘴没有出现新的那种低沉的嗓音，而是以前上六年级时那种更尖细的声音。

要是你只是担心我怀孕的话，那你大可放心，她说。好几个月我都没来月经了。就是说现在我体内没有成熟的卵子。

她已经把手放在了我的阴茎上。她紧紧地握着它，好像她是刚刚捧得了奥斯卡奖的电影明星似的。或者是车祸现场的地方电视台的记者，这就是她的话筒。更接近后一种情况。

要是不举报他的话，你清楚后果么？她说。他们会把你抓起来，咱俩就再也见不了面了。我就得一个人在霍尔顿米尔斯初中熬着，一个朋友都没有。或许我就彻底不吃饭了，这样的话他们可能就要把我送进专治饮食紊乱症的诊所去了。

不行，我对她说。我太小了。我都没法相信自己居然会说出这种话。

我想我母亲和弗兰克也尽了最大的努力，我对她说。这不是他们的错。

你简直不可思议，她一边说，一边站起身，朝后退去，重新套上了内裤，那两条皮包骨头的腿让我想起了鸡翅。

我就知道你是呆子，她说，可我以为你还算是个可造之材。我终于明白了，你就是个白痴。

她穿上了衣服。这会儿她站在我身前，俯视着我，掸掉了胸口的尘土，又重新把弄乱的一截辫子编了起来。

真不敢相信之前我竟然觉得你很酷，她说。一直以来你说得没错。你跟我说你是个彻头彻尾的废物。

这天晚上，母亲给我们做了安迪船长。剩了那么多速冻鱼肉饭，吃掉一些还挺明智的。

我们坐在餐桌旁，谁也没有吭声。母亲给自己倒了一杯酒，然后又是一杯，弗兰克什么也没有喝。吃到一半的时候我站起身，去了客厅。一群打扮成葡萄干的演员围着一口巨大的碗在翩翩起舞，碗里装着麦片粥。

弗兰克和母亲基本上已经把所有的行李都装上车了。他们打算第二天早上就走，途中去一趟银行。问题是在不会引起怀疑的前提下母亲能取出多少现金。他们可以把钱取光，可是一次取那么多钱存在着一定的风险，但是一旦走掉他们就再也没法从她的存折上取钱了。从加拿大那边取钱会引起政府的警觉。

我不困，可我还是早早就上楼了。我的房间几乎彻底腾空了。只有《星球大战》的旧海报和两年前我参加少年棒球联盟的证书还贴在墙上。就连我们不打算带走的衣物——大部分衣物都没法带走——也被装进了纸箱，就放在古德韦二手商场的回收箱旁边。母亲说她不希望在我们走后有陌生人乱翻我们的东西。最好还是把这些东西送出去，不会有人清楚这些东西的出处。

我想读会儿书，可是读不进去。我心里想着埃莉诺，她那两条褐色的小细腿，跪在我身上，尖利的肋骨，骨肉如柴的胳膊肘紧紧地压在我的胸口。我努力往脑袋里塞进其他一些画面，奥莉维亚·纽顿－约翰或者《正义前锋》里的那个女孩，或者《霹雳娇娃》中的吉尔，甚至《幸福生活》里的妹妹。都是更友善的女孩，可是我还是能看到她的脸，听到她的声音。

我让你勃起了。

呆子。白痴。废物。

后来我听到母亲和弗兰克上了楼。前几个晚上我都听到他俩一边上楼，一边小声聊着天，有时还能听到闷闷的笑声。她还要梳头，或者他帮她梳。接着就是洗澡。水声。我听不到，但是我能想象得出手贴在肌肤上，有一次我还听到了一声巴掌，随后笑声更剧烈了。

住手。

你知道自己喜欢这样。

没错。

这天晚上她的房间里没有任何动静。我听到他俩上了床，将身子压在床垫上时弹簧吱吱呀呀地响了几声，然后就没有声音了。没有床头板的声音。没有呻吟。没有鸟叫。

我躺在那里，等待充满柔情的低语声从墙那边传过来，可是悄无声息。我屏住呼吸，听到的却只有自己的心跳声。我想念他俩的声音。

阿黛尔。阿黛尔。阿黛尔。

弗兰克。弗兰克。

阿黛尔。

窗户开着，可是这个周末最后的烧烤和邻居们的聚会全都结束了。没有球赛，红袜队没有比赛。整条街，每一户人家都熄了灯。只有爱德华兹家的灭蝇灯还闪烁着蓝色的荧光，有蚊子撞在栅格上时还会轻轻地冒出一声哗哗的响声。

Chapter Twenty

{ 　　第二十章　　 }

———

他又开始绑另一只手。接着是她的脚。为了绑得像回事他还得给她脱掉鞋。她的脚指甲上还带着红色的指甲油。就在那里，在她的脚踝上，有一次我看到他亲了一下。

星期三。这天早上没有咖啡。母亲已经把咖啡壶收拾起来了。灶头上也没有鸡蛋。咱们半路上会停车的，她说。只要一上公路。

又是这样的时刻，睁开双眼时一时间想不起来究竟发生了什么。我在自己的房间里醒来，可是脑子一片空白，片刻之后我才回过神，也才想明白自己究竟在哪里。我的确想起来了。

我们要走了，我说。我不是在对什么人说话。我只是想听到这句话。地毯卷了起来，我的东西全都不见了，在这样空荡荡的房间里我的声音变了。书桌上放着一个信封，信封里装着我留给父亲的信，我把信塞进了自己的口袋里。除此以外就什么都没有了。

外面下着雨，浅灰色的天空黑暗沉闷。我想着头天晚上她拿到外面、放在古德韦门口的那几箱书和衣服。对这些东西来说这可不是什么好事。不过突然降温了，这可真令人感到欣慰。

有人在洗澡。声音听上去像是弗兰克，我听到了口哨声。我下了楼。时间还早，大概才到六点，不过我听到母亲已经在房间里来回走动着。

她站在前厅门口，穿着一条格子裤，我都记不得她从什么时候就有了这条裤子。我突然发现最近这段时间她竟然瘦了这么多。

我有个不好的消息。

我看着她，想要猜出她所谓的坏消息是什么。肯定跟普通人认为的坏消息不一样。

是乔，她说。我想把它的笼子拿到车上去，可它没有动弹。它就那么躺着。

我冲进前厅。

它就是太累了，我对她说。天太热的时候它就不太喜欢跑动了。昨天晚上我抱着它，跟它说晚安的时候它还在我的手上咬来咬去。

它躺在报纸上，睁着眼睛，可只是干瞪着，它的爪子在身前伸展，就像是准备起飞的超级英雄。它的尾巴蜷在身子下面，嘴巴也微微地张着，仿佛想要说点什么。

你们弄死了它，我说。你们俩。你们压根就不想让乔跟我们一起走，所以你们想除掉它。

你知道不是这样，她说。你知道我是绝对不会干这种事情的。弗兰克也不会。

是么？要是我没记错的话，他可是把自己的孩子都弄死了。

我走出了屋，来到院子里，天几乎还黑着。下着雨，我铲土铲得很吃力。地上变成了泥塘。

我为乔挖着墓坑，之前我不打算报警，这会儿我的想法变了。我不在乎能不能得到空中商城邮购广告上的那些东西。我只想让他们两个受到惩罚。向警方检举弗兰克就是对他俩的惩罚。

我向你发誓，母亲说。她跟着我来到了院子里。凡是你喜欢的东西我绝对不会伤害的。

我开始挖了起来。我想起了她以前给我讲的一个故事，那时我还小，她向我解释为什么家里只有我这么一个孩子。我想象着她在我们以前那所房子，我父亲的房子，她拿着小铲子在院子里挖出一个坑，把那团血块放进了土里，血块上还包着一条手绢，那本来应该是我的弟弟或妹妹。另外一次，香烟盒，里面装着费恩的骨灰。

弗兰克也出来了。但是他刚一凑过来，我母亲就把他推了回去。

亨利或许想独自待一会儿，她说。

我沿着街道走着，一开始我不知道自己要去哪里，只是一个劲儿地走了好久。半道上我突然意识到自己正朝着父亲家走去。

我站在院子里，看到楼上的一扇窗户里亮着灯。父亲应该已经起床了，这会儿正独自坐在厨房里，喝着咖啡，读着体育版。很快玛乔丽也会下楼来，热一热克洛伊的奶瓶，到现在她一醒来最先要的还是奶瓶。

父亲会在妻子的脸上亲一亲。他还会抬起头，说一说这场雨。没什么特别的，不过待在厨房里还挺不错的。就像去弗兰德里斯的那些日子一样，或者在有些尴尬的时候他们努力撮合我和理查德聊一聊红袜队里我俩都喜欢哪些球员。如果没有我，他们就是很正常的一家人。

在过来的路上我想好一到这里就去敲门。我想象着自己对他说，你一直都在说我的母亲很疯狂，是不是？不过，还是听听这件事吧。

不到吃晚饭的时候他们就会让我搬进去的。我的背包都已经收拾好了。我得跟理查德合住一个房间，他会十分痛恨这样的安排。他们很有可能会给我俩准备一张双层床。

我不知道到了晚上理查德会不会跟我进行同样的活动。能让他硬起来的大概只有小何塞·坎塞柯①。无法想象我俩会聊起这种事情。玛乔丽会趁着洗衣服的时候对我父亲说，你得跟你儿子谈一谈了。

以前我一直对父亲很生气，可这个清晨站在雨地里，看着他的身影从窗前闪过，听着他把那只猫放了出来，后门又啪的一声关上了，听着克洛伊——我从来不管她叫妹妹，或者同父异母的妹妹，我知道如果我认了这个妹妹我的母亲会

---

① 小何塞·坎塞柯·卡帕斯（1964年7月一），绰号为"药剂师"，生于古巴哈瓦那，前美国职棒大联盟选手，右投右打，负责外野手与指定打击，职业棒球生涯结束后曾从事过拳击与综合格斗。

作何感想——叫喊着，希望有人把她从摇篮里抱出来，我却只感到难过。这里是他们的家。不是我的。谁都没有错。一切本来就是这样的。

我把信放进了他们的信箱。我知道他的规律。每天下班回家时，在把车开进自家车道后他就会看一看信箱。有时候他会在晚饭前后读读信。到那时我就已经到了加拿大边境线一带了。

我向家走去，一辆警车停在我身边。时间仍旧还早，因为没有穿雨衣我浑身上下湿透了。雨越下越大。裤子湿得在满是水洼的地上直往下坠，衬衫紧紧地贴在我的身上。雨水顺着我的脸往下淌，模糊了我的视线。

孩子，需要帮忙么？警察把车窗摇了下来。

我没事儿。

能跟我说说你这是要上哪儿去吗？他说。你这么大的孩子现在出门还太早，而且也不穿件夹克什么的。今天不是开学第一天么？

我只是想散散步，我说。我正要回家呢。

上来。我送送你。你的父母可能很担心你，他说。

我只有母亲，我说。不过她不会担心的。

只是为了安全起见，我还是要跟你妈妈说一声。我也有个跟你一样大的孩子。

我们经过了普莱斯玛和图书馆，还有我的学校，停车场里停着几辆车。好大喜功的那几位老师在对教室进行最后的布置，只是我不会再进教室了。

我们经过了银行。右拐上了坡，左拐到了我们的街道。经过了爱德华兹家和杰维斯家，一直开到了尽头。虽然对母亲一肚子火气，可我还是希望她能接到我发送的脑波信号，不要出现在街边，不要一箱一箱地往车上装行李。最重要的是，我不希望弗兰克出现在这里。我给他发送了信号，就像拥有心灵感应能力的银色冲浪手那样，叫他进屋去，上楼，不要现身。

她站在外面，穿着格子裤，披着雨衣，还算不错，手里倒是没端着纸箱子。看到警车停在了家门口她抬起手，搭在了眼睛上，可仍旧挡不住雨水。雨太大了。

约翰逊夫人，他说。我在公路旁看到了你的儿子，我想最好还是把他送回来，交给您。特别是一想到差不多四十五分钟后他就应该出现在学校里了。而且他还淋透了。

她只是站着。我见识过她的手，那一次只不过是经过商场收银台而已，这会儿我能想象得出那双手该哆嗦成什么样子。她把手揣在了口袋里。

你到底上几年级？他说。我猜是六年级？没准你跟我儿子认识。

七年级，我对他说。

明白了。我想这就是说比起上六年级的一些小家伙你对女孩的兴趣大多了，对不对，亨利？

谢谢您把他送回来，母亲说。她回头看了看屋里。我知道她在想什么。

甭客气，他说。他看着是个好孩子。可别让他学坏了。他伸出手，想要跟她握握手。我知道她为什么不把手从口袋里伸出来。我跟他握了握手，免得他多心。

〰

头天晚上，在我们把东西送去放在古德韦回收箱的途中——跑第三趟的时候——我们顺道去了伊夫琳和巴里的家。母亲想把我的一些旧玩具送给巴里。一个魔方，一块神奇画板，我觉得他不太会用得着这些东西，还有一个魔术8球，你拿起它，底部的塑料窗口里就会显示一行字，告诉你接下来你该怎样生活。我不知道这个东西对巴里有多大的用处，不过母亲觉得他或许希望自己的房间里多几样东西，这样房间看起来就像正常孩子的房间了。我把我的熔岩灯也给了他，虽然我很不情愿。母亲说过境的时候这种东西会给我们惹来麻烦的。他们会以为我们在吸毒。

伊夫琳穿着健身服来开门。她应该是正跟着理查德·西蒙斯①的带子做运动。一说起自己做的事情时她总要说**我们**，好像巴里也在一起做似的，可实际上他只是坐在轮椅上，跟着音乐甩着两只胳膊，制造点动静而已。约翰尼·卡什绝对

———
① 理查德·西蒙斯（1948年7月— ），美国健身明星及演员。

是他的最爱，不过他也挺喜欢理查德·西蒙斯的。

看见我们他又闹腾了起来，仿佛他很激动似的。他面对着电视屏幕，电视里一群扎着吸汗发带的女人正在做着分腿跳，他也在自己的座位上蹦跶着，看到我俩他就伸出手，指指屏幕，然后又指指我，一边还叫喊着，这一次其他人仍旧不明白他在说什么，可我明白。他在说**弗兰克**。他想知道**弗兰克**在哪里。

在家呢，我对他说。告诉他没有什么害处。我知道他的母亲是不会明白的。世上有一个人绝对不会拿起电话，去领一万块钱的赏金，这个人就是巴里。

母亲没有告诉伊夫琳我们要走了。她只说我把房间清理了一遍。要开学了，就这些话。

开车回家的路上母亲说，我希望能跟她说声再见。或许她算不上最棒的朋友，但她是我唯一的朋友。我想我再也见不到她了。

可我们又见到她了。就在警车把我送回来不久后伊夫琳就敲响了我家的门。

她出现在屋里的时候弗兰克就待在客厅里。他转过身，背对着她，看起来像是在修理电灯之类的东西，可是眼前的景象已经很明显了，显然我们正在搬家。而且我们也无法巧妙地掩饰家里有个男人的事实。

哦，天哪，伊夫琳说。看样子我来得太不是时候了。阿黛尔，我只是想向你表示感谢，那天你帮我照看巴里。你真是我的救命恩人。

她做了一些肉桂卷，我以前尝过她做的点心，所以对这些肉桂卷也就不抱什么希望了。母亲曾说过在她认识的人里就只有伊夫琳能把费尔斯伯里蛋卷切片给做失败。当然，大概她也只认识伊夫琳一个人，仅此而已。

我猜我打扰了你们吧，伊夫琳说。我不知你家里来朋友了。

巴里在她身后的台阶上发出了呼噜呼噜的叫声，就像是丛林里的鸟一样，一边胡乱甩动着手臂。根据以往的经验我知道这会儿他是在叫着弗兰克的名字。尽管弗兰克一直背对着我们。

真抱歉，我没有时间给你们做介绍了，母亲说。这位先生是来给我们修理东西的。亨利和我要出趟门。

伊夫琳朝客厅里瞅了瞅。地毯不见了。所有的书也不见了，母亲装在镜框里的一张复制画，画的是一位母亲抱着孩子坐在自己的腿上，还有我们一直贴在墙上的博物馆海报，海报上是一只圆形鱼缸，里面有一只金鱼，还有一张画着几个芭蕾舞女演员正在排练的招贴画。透过厨房的门可以看到架子上的碗碟也全都消失了。

明白了，伊夫琳说。她没有问我们这次出门要上哪里去，仿佛她早就明白自己是不会听到真话的。

那么，谢谢你送来的蛋卷，母亲说。看起来很不错。

也许我现在就应该把盘子拿走，伊夫琳说。免得你们一走就是好长时间。

家里已经没有盘子装这些蛋卷了，母亲便将蛋卷放在了晨报上，报纸上的大字标题一目了然。在上一周囚犯越狱事件发生后州长宣布监狱已经强化了安全防范措施。为了给没有读到之前那些报道的读者提个醒，报纸又刊出了弗兰克的照片，还有一行数字横贯在他的胸口。

伊夫琳，照顾好你自己，母亲说。

你也一样。

⌇

上午九点，银行一开门我们就来了。只有母亲和我。弗兰克留在了家里。按照计划一取到钱我们就立即掉头回家，接到他之后就上路，朝着边境一路北上。

以往每当需要用钱的时候就总是我进银行去取钱，母亲待在车上。我从来没有一次性取过太多的钱，出纳员也认得我。母亲说她觉得这一回得自己进去了，因为她要把折上的钱全都取出来。只要她敢，能取多少取多少。

她捏着存折，出门前她换了一身衣服，她一定以为从自己的户头上提取一万一千三百元钱的人就应该穿成这样。我站在她的身旁。我们前面还排着两个人。一个等着兑换好些硬币的老太太，一个要存几张支票的男人。

终于轮到我俩了。把存折和取款单一并放在出纳台上的时候母亲的手又哆嗦了起来。

孩子，我还以为今天你会去上学，出纳员说。从她的胸牌上我看到她的名字是穆里尔。

我儿子今天约了牙医，母亲说。我知道这句话听起来很荒唐。即便像我母亲这样的人也不会在开学第一天让我去看病。

所以我们才需要这笔钱，真的，她说。要上牙箍。

哎呀，这可是个花钱的事情，穆里尔说。要是还没有跟医生敲定的话，你们不妨试试给我女儿矫正牙齿的医生。他允许我们分期付款。

除了牙齿，还有别的事情，母亲说。阑尾手术。

我看了看她。大概她只能想到这么一种手术，她原本可以找一些其他的借口，可她却偏偏找了一个最愚蠢的。

我去去就来，穆里尔对我们说。一下取这么一大笔钱，这得经过主管的批准。当然，倒不是说有什么问题。我们都认识你。我们也都认识你儿子。

这时进来了一个女人，胸前的母婴背带里有一个孩子。我望着母亲。以前她总是难以面对这种景象，可是这一次她似乎什么也没有注意到。

我真不应该取这么多，她嘀咕了一句。我应该只取一半就好了。

没关系的，我对她说。可能只是手续问题吧。

穆里尔回来了，一个男人也跟了过来。

当然喽，不存在任何问题，他说。我只是想确定一下你们没有碰到任何麻烦吧。这种情况多少有些不寻常，一下取走这么多现金。通常，在动用这样一笔钱的时候我们的客户都更愿意拿到银行开具的支票。

现金似乎更方便，母亲说。她的手缩在夹克衫的口袋里。你也明白，如今总是要求填写这么多证明身份的表格。太耽误时间了。

那么，好吧，主管对穆里尔说。咱们就别让这两位朋友继续等下去了。

他在一张纸上潦草地写了一笔。穆里尔打开一个抽屉，开始点起了钞票。一叠扎好的一百元钞票，一共一万元。她还是点了一遍，在她点钱的时候母亲仔仔细细地打量着那摞钞票。

穆里尔数完钱，又问我母亲有没有装钱的东西。我俩出门时都忘了这码事儿了。

在车上，她说。她拿着装过仓鼠饲料的袋子回来了，那还是我头一天晚上放在车上的。把钱放进袋子之前她先把袋子里剩下的一点干饲料倒进了一个筒子里，那个筒子就摆在人们填写存款单和取款单的台子的旁边。

穆里尔看起来有些惊诧。我可以给你们几个银行里的拉链现金袋，她说。你们需要么？

这个够用了，真的，母亲说。要是有人拿枪指着我们，他们绝对想不到我们把这笔钱跟宠物饲料放在一起。

还算幸运，咱们这一带没有几个罪犯，是不是啊，阿黛尔？穆里尔说。她从母亲填写的存款单上知道了她的名字。大概银行财会学校里给他们教过这种事情：做生意的时候用对方的真实姓名来称呼对方。

只是上星期出了一个越狱的人。你相信，直到现在他们还没有抓到他？我敢说他早就跑了。

回到家，电话留言机上的灯闪烁着。弗兰克正站在门边。

我没接，弗兰克说。不过我听到留言了。亨利的父亲听到消息，说你要带着他离开镇子。他说他这就过来。咱们得动身了。

我跑上楼。本来我还打算缓缓地在各个房间走一遍，再看一眼这里，可现在我们得抓紧时间了。父亲可能已经在过来的路上了。

亨利，母亲冲我喊道。你得下来了。咱们得走了。

我又看一眼窗外，越过一座座屋子看尽了整条街。*再见了，大树。再见了，院子。*

赶紧，亨利。我不是在开玩笑。

孩子，就听你母亲的话吧。咱们得走了。

就在这时传来一声警笛。又是一声。车轮急转弯的声音。就在我们这条街。

我下了楼。下楼时我放慢了脚步。谁都走不掉了。这下我明白了。头顶上传来了直升机的声音。

迄今为止我的生活一直那么缓慢，跟埃莉诺的交往是个例外，可是这会儿我们就像是身处在一部电影中，只是有人摁下了快进键，让我们几乎跟不上节奏了。除了母亲。她一动不动。

她站在几乎空无一物的客厅里，手里拎着仓鼠的饲料袋。弗兰克站在她的旁边，看起来就像是即将被执行枪决的人一样。他攥着她的手。

阿黛尔，没事的。别害怕。

我不明白，她说。他们怎么会发现？

我的心一下就炸裂了。

我只是给父亲写了一封信，告诉他我们要走了，我说。我根本没说弗兰克的事情。我以为他不会这么早就去取信。平时总是吃晚饭的时候他才会去取信。

屋外传来一声尖厉的刹车声，车停了下来。其中一辆车停在了我家的草坪上，母亲以前曾想让那片草坪变成一个开满野花的花园，可是野花没有长出来。没有上班的邻居，比如杰维斯夫人和坦佩尔先生,他们站在自家门口的台阶上,想看看究竟发生了什么事情。

有人拿着喇叭在喊话。弗兰克·钱伯斯,我们知道你在这里。出来吧,把手举过头顶,谁都不会受伤的。

他面朝门站着,脊背挺得笔直。只是他脖颈上的肌肉又轻轻地抽搐了起来,遇到他的那天我就注意到了那块肌肉,他可以像我们有时候在公园里碰到的那种人一样,把自己打扮起来,摆成雕塑的姿势,然后人们就会往他们的箱子里扔钱了。纹丝不动。除了眼睛。

母亲用两只手臂环绕在他的身上。她摸着他的脖子,他的胸脯,他的头发。她的手指轻轻地滑过他脸上的每一寸肌肤,仿佛他是一尊黏土塑像,她正在雕琢他一样。她的手指落在了他的嘴唇,他的眼皮。我不能让他们把你带走,她说。她的声音颤抖着。

听着,阿黛尔,他说。我希望你完全照我说的去做。咱们没有时间争论了。

台子上有一根绳子,是他们之前用来捆扎箱子的,箱子里装的都是我们要带去加拿大开始新生活的物品。抽屉里还留了一把刀,是用来割绳子的。

坐在椅子上,他对她说。他的声音变了。几乎听不出是他的声音。把手放在背后。脚放在前面。你也一样,亨利。

他先用一截绳子绕在了她的右手腕上。我看到在他绑绳子的时候她的手哆嗦着。她哭了起来，但他看都没有看一眼她的脸。他全神贯注地忙着一件事情，打结。打好结，他又利索地狠狠扯了一下，紧得都能看到绳子牵动了她手上的皮肉。换作其他时候，倘若弄疼了她的话，他总会用手指轻轻地揉一揉疼痛的地方，可现在他似乎没有注意到，或者说即便注意到了他也不在乎。

他又开始绑另一只手。接着是她的脚。为了绑得像回事他还得给她脱掉鞋。她的脚指甲上还带着红色的指甲油。就在那里，在她的脚踝上，有一次我看到他亲了一下。

我们听到屋外响着警方的无线电广播，还有人拿着步话机在通话，正上方还有直升机。**三分钟**，有人在喇叭上喊道。**出来，把手举过头顶。**

坐下，亨利，弗兰克说。

看着他说这句话的样子你绝对想不到我俩曾在一起玩过传球接球。也绝对想不到这个人曾跟我坐在台阶上，教我用纸牌变魔术。现在他把绳子绕在我的胸口上。没时间再逐一打结了，他只把我的腰结结实实地捆住了，最后又猛力一拉，让我狠狠地吐了一口气。可是只有一个结，他只有打一个结的时间。后来有记者提出过质疑，我们知道迟早他们会提出这种问题的，在他们询问我母亲是否跟弗兰克串通一气的时候，这个绳结的问题也被提了出来。想想吧，他对她的儿子基本没有施加多少约束，这都是有人亲眼目睹的。还有，母子俩上银行去的时候弗兰克都没有跟他俩一块去——他们究竟是受害者，还是犯罪者？

她是自愿从银行取走这笔钱的，他们说。难道这还不足以证明这个女人也参与其中了么？

可是他把她绑了起来。就是如此。我也被绑了起来，勉强算是吧。

越来越多的车吱的一声停在了我们这条街道上。大喇叭里又有人开腔了。我们不希望迫于无奈使用催泪弹。没时间再做任何事情了。钱伯斯，现在是你和平走出房间的最后机会了，那个声音喊道。这时弗兰克已经朝门口走去。一步接着一步。没有回头。

按照对方的指示他把两只手举过了头顶。因为身上的伤他走起路来仍旧是一瘸一拐的，但是出了门，走下台阶，朝着草坪走去的一路上他走得很稳当，很沉着。他们拿着手铐在草坪上等着他。

我们看不到后来发生的事情，不过没过多久就有几名警察冲进了屋里，解开了我们身上的绳子。一名女警官给了我母亲一杯水，还告诉她外面停着一辆救护车。这个女人对她说可能她有些受惊，即便她自己都没有意识到。

别害怕，小家伙，其中一个男人对我说。你妈妈没事的。我们已经把那个家伙给逮捕了。他不会再对你和你妈妈做什么了。

母亲坐在椅子上，一动不动，光着两只脚。她轻轻地揉了揉手腕，仿佛怀念着绳子的感觉。仔细想来，自由到底能带给你什么呢？

雨还在下，不过小了一些。成了毛毛细雨。我看到马路对面杰维斯夫人正在拍照，坦佩尔先生正在接受一名记者的采访。直升机落在了我家后院的一块空地上，弗兰克和我曾在那里练习过传球接球，他还说要在那里给我们养一些罗德岛红鸡仔，就在这个清晨小仓鼠乔的尸体也被埋在了那里。

我就知道大事不妙，杰维斯先生说。那天我拿了一些桃子给她送过去，我觉得她当时是想给我发暗号。可是，他肯定一直死死地盯着她。

一辆红色的客货车停在了门口。父亲。一看到我他就飞奔了过来。究竟出了什么事儿？他对一名警察说。我以为只是我前妻有些发神经。没想到你们来了这么多人。

有人打电话报告了消息，警察对他说。

他们把弗兰克押上了一辆警车的后座。他的手放在背后，脑袋耷拉着，可能是不想被拍到。就在他们开车带他离去之前，他又抬起了头，看着我的母亲。

我知道别人都不会注意到，但我看到了。无声无息，他只是拢起嘴唇，默默地说了一声。阿黛尔。

Chapter Twenty-One

{ 　第二十一章　 }

———

所有人都在说这种狂野、疯狂的激
情，他说。歌里就是这么唱的。你
母亲就是这样的。她爱的是爱情。
做任何事情她都没法将就。她对所
有事情的感觉都那么强烈，好像这
个世界超过了她的承受能力。

他们指控他绑架了我们母子俩，说这一回他们不仅要把他关起来，而且还要把钥匙扔得远远的。

　　听到这个消息，我的母亲，一个几乎已经不怎么出门的女人开车去了省城，她想跟检察官见一面。她还带上了我，要我作她的证人。她对检察官说她希望他能明白在此期间没有发生过什么非法拘禁事件。一切完全出于她的自愿，是她主动邀请弗兰克去了她家，他对她的儿子很好，还照顾着她，他俩打算结婚，在加拿大的沿海地区，他俩相恋了。

　　检察官态度强硬，他刚刚走马上任，要协助州长开展一场打击犯罪活动的战役。他告诉她有一个问题必须考虑到，你儿子为什么从未报告过此事。他说在审理时他们会考虑到我的年龄问题，但是我仍然有可能会被当作一起重罪的从犯，或许可能性不大，不过还是存在一定的可能性。这也不是头一回听说十三岁少年在少年管教所里服刑了，不过很可能我只用在里面待上一年。最多两年吧。

　　另外，我母亲或许会受到更为严厉的判决。窝藏逃犯，造成未成年人犯罪。自然，她会失去对我的监护权。他们已经跟我父亲谈过了。显然，早在出这件事之前就已经有一些事情表明我母亲的判断力有问题。

这一下我母亲再也不吭声了，我们又开着车回了家。这天晚上，我俩默默地喝着汤，两只碗是从汽车后座上取出来的。在接下来的几天里，需要用杯子、盘子、汤勺，或者毛巾的时候我们都是这么办的。去车上翻一翻。

开学了。我升到了七年级，也出了名，我从未有过这样的经历，也从未指望过，这种状况差不多可以被理解为我受到了大家的欢迎。在体育馆里一个家伙问我，他到底有没有折磨你？你母亲有没有成为他的性奴？当时我俩刚冲完澡，浑身赤裸着，身上的水还在不断地往下滴。

我刚刚经历的这番奇遇在女生的眼中似乎差不多变成了性魅力。一天，多年来一直被我当成头号幻想目标的雷切尔·麦凯恩在我的储物柜旁找到了我，当时我正在整理课本，打算赶紧回家。

我只是想告诉你我觉得你勇敢得不可思议，她说。要是你想聊一聊的话，可以随时来找我。

这个匪夷所思的假日周末带来了很多令人遗憾的事情，其中就包括此刻。自二年级以来她就一直是我的梦中女孩，如今我终于引起了她的注意，可是此刻我却只想一个人待着。我终于明白了母亲在多年前做的决定，完全待在家里。可是我却没有选择的余地。

　　大约从这时起母亲不再订阅报纸了，不过我在图书馆里还可以读到报纸，了解到了这件事情的后续情况。她从头至尾没有受到任何一项指控，也没有经历审讯，即便她十分清楚这其中的缘由，她也从未在我面前提起过这些事情，我也从来没有问过她。倘若检察官执意深究此事的话，他完全可以轻而易举地得到伊夫琳的证词（至于巴里，谁都不觉得他也能够作证），显然在出了问题的这六天里我的母亲看上去没有受到胁迫，她的一举一动似乎完全出于自愿，大概只有照顾伊夫琳的儿子算是例外。

　　可是我什么都明白，你大概想象不到一个十三岁的孩子竟然能理解这么多的事情。弗兰克达成了协议。对罪行供认不讳，放弃陪审团的审判。作为交换，他们不再追究母亲和我的责任。他们的确没有追究我俩的责任。

　　对于越狱这件事情他们给弗兰克判了十年，绑架未遂判了十五年。检察官说想想看，原本再有十八个月这个人就可以得到假释了，这可真是太啼笑皆非了。但是，我们面对的是一个穷凶极恶的犯罪分子，这个人疯狂得已经失控了。

　　弗兰克在信中告诉我母亲，没什么好遗憾的。在宣判后他发来了一封信，也是他写给她的唯一一封信。要是没有跳出那扇窗户，我就遇不到你了。

考虑到弗兰克有可能还存在越狱的企图，他被划定为高危囚犯，按照规定应该被关押在高度戒备的监狱中，我们这个州的监狱达不到标准，附近地区也没有这样的地方。于是他们立即将他转押到了纽约州的最北部，有一次母亲还想去探监。她开着车去了那里，可是他们告诉她弗兰克正处在单独禁闭中。后来他们又把他转移到了爱达荷州。

打那以后，有一段时间母亲的手抖得连金宝汤都没法打开。她主动把我的监护权让给了我父亲。在父亲接我去他家，跟玛乔丽和那两只短腿猫一起生活之前，我对母亲说我绝对不会原谅她的。可最终我还是原谅了她。她原本可以说出我的所作所为，那些坏到家的事情，可是她丝毫没有记恨我。

就这样我搬到了父亲家，他跟玛乔丽的家。跟我设想的一样，他们买了一张双层床，这样一来即便我俩住在一起，理查德的小卧室也还不算拥挤。他睡下铺。

我睡在上铺。到了夜里我再也没有像在自己家里那样抚摸自己了。之前我是那么地迷恋那种全新而神秘的感觉，而今那种感觉对我来说同令人心碎的一切都紧紧交织在了一起：夜色中的细语和亲吻，低沉缓慢的叹息，野兽般的嚎叫，一开始我还以为那是痛苦的叫声，还有弗兰克狂野而喜悦的呻吟，仿佛大地开裂，一股来势汹涌的光芒抹去了一切。

只要身体接触到身体，手碰到肌肤一切就开始了。于是我将双手放在身体两侧，让呼吸保持均匀，盯着坚硬狭窄的床垫上方的天花板，盯着吐着舌头的阿尔伯特·爱因斯坦。世上最聪明的人，或许吧。他应该清楚这一切不过是场巨大的笑话。

现在，从墙壁另一侧传来的就只有每天清晨五点半的撞击声，是我的妹妹克洛伊（我现在明白了她就是我的妹妹）对世界宣告新的一天开始了。她喊道，来抱抱我，虽然她并没有说这么长的句子。就这样，很快我就过去把她抱了起来。

玛乔丽也尽了自己的努力。我不是她的儿子，这并不是她的错。他们过着极其正常的生活，为了自己和她的两个孩子他们不得不做出一些不正常的安排，这一切我都忍了下来。她不太喜欢我，我也同样不喜欢她。彼此彼此。

至于理查德，我跟他相处得比想象的要顺利得多。尽管我俩之间存在着那么大的差异，我喜欢生活在纳尼亚的世界中，他则愿意为红袜队效力，但有一样事情对我俩来说是一样的。我俩各有一位家长住在远离我们的地方，我们的身体上流淌着他们的血。我不知道他的亲生父亲究竟出了什么事情，不过十三岁的年纪已经不小，能够明白悲伤和遗憾不只有一种发生的形式。

无疑，理查德的父亲跟我的母亲一样，在他还是个小宝宝的时候抱过他，直视着孩子母亲的双眼，相信他俩会一起相亲相爱地奔向未来。结果他俩的梦想落空了，这种事实沉甸甸地压在我和理查德的身上，大概别的孩子也是一样，那些双亲不在一个屋檐下生活的孩子。无论回到哪边的家，总有另一个家，另一个人在召唤你。回到我的身边吧。回家吧。

在搬回以前的房子，跟父亲住在一起的头几个星期里我感觉他都不知道该跟我聊些什么，结果大部分的时间里他就总是一言不发。我知道近来发生的这些事情显出母亲在照顾孩子方面的确有问题，这些状况已经被记录在案，在法庭上也得到了供述，值得感谢的是对于这些事情父亲在我面前始终闭口不谈。可是，报纸上已经写得一清二楚了。

搬去跟父亲和玛乔丽生活的头几个星期后，父亲突然提出要跟我骑车出游一次，大约也是在这个时候我打定主意不去参加长曲棍球和足球的选拔赛。在别人家——我没法将其称之为**家庭**，首先我就没把我们这个家看作是一个家庭——这个提议或许没什么大不了的，可是对他来说情况就不一样了，毕竟以前他绝对不会把没有比分要打，没有奖杯可领，没有输赢之分的活动当回事。

我告诉他我的自行车差不多两年前就报废了，他就说是该给我买一辆新车了，山地车，二十一变速。他还给自己也买了一辆。那个周末我俩骑着车，朝着佛蒙特出发了，每年到了这个时节落叶就特别美。我俩一起穿过一个又一个小镇，在萨克森河边的一个汽车旅馆过了夜。骑车有一个好处，路上你不用一直不停地说话聊天。尤其是骑行在佛蒙特漫漫的山路上。

不过，这天晚上我俩去了餐馆，那家餐馆当天供应上等肋排。吃饭的时候我俩基本上没怎么说话，等女招待给他端来咖啡的时候似乎他的想法变了。有些可笑的是，他看起来就跟警车包围了我母亲的房子，直升机盘旋在上空，大喇叭也轰鸣着的时候弗兰克的那副样子没有多少区别。他就像一个知道自己没有多少时间，决不想错失机会的人一样。有点像弗兰克，他选择了投降。

他讲起了我的母亲，在此之前我们基本上一直竭力回避着这个话题。他说的不是她怎么也不去找一份像样的工作，哪怕一次也好，也没提她的精神状态是否稳定到足以照顾我的问题，也许是因为事情的发展已经表明她的精神状态的确不稳定。事实上，他讲起了他俩最初在一起的那段时光。

你也知道她是个了不起的女人，他说。风趣。漂亮。整个百老汇北街的舞台上你绝对找不到第二个能像她那样跳舞的人。

我坐在那里，吃着我的米果布丁。实际上是一颗一颗地挑出里面的葡萄干。我没有看他，不过我在听着。

我这辈子最美好的时光就包括我俩一起去加利福尼亚的那一次，他说。我们没什么钱，就睡在车里，大多数时间都这样。不过我俩经过了一个镇子，就在内布拉斯加州，我俩找到一家汽车旅馆，房间里还带着小厨房，我俩用电热板做了意大利面。事实上对于好莱坞我俩一无所知。我俩都来自小地方。不过她当女招待的时候有一次碰到了一位客人，那个人是给水手格里森①伴舞的琼·泰勒舞蹈团②的演员，她留下了自己的电话，还说如果阿黛尔去洛杉矶的话就去找她。我们听了那位舞蹈演员的话，给她打了电话。结果，接电话的是她的儿子。当时她已经进了养老院。主要是因为上了年纪。你知道你母亲是怎么做的？我俩去看望了老太太。她还带着饼干。

我把目光从自己的碗里挪到了父亲的脸上。他的脸看起来跟以前不一样了。我一直觉得自己跟他毫无相似之处，我甚至还曾怀疑他究竟是不是我的亲生父亲，我俩看上去一点也不像（这个念头也就出现过一次，实际上还是埃莉诺提出的）。他看上去根本不像是会跟我母亲结婚的那种人。可是，此刻看着餐桌对面的这个男人，他面色苍白，略微发福，头发有些稀疏，身上穿着刚买的、可能再也不会穿第二次的氨纶自行车 T 恤衫，我突然很奇怪地看到了似曾相识的东西。我能想象得出他年轻时的模样。想象得出我母亲口中的那个年轻男子，那个男子知道带着她在舞池中挪步时应该在女人的后背使多大的劲，在穿着红色内裤做三百六十度翻转时她将自己完全交付给了那个疯狂的年轻男子，她相信他不会让

---

① 约翰·赫伯特·格里森（1916年2月—1987年6月），美国喜剧明星、音乐家。
② 琼·泰勒（1917年12月—2004年5月），美国编舞家，创建了琼·泰勒舞蹈团，以在水手格里森的电视节目中伴舞而出名。

她跌落在地上。在他的脸上我看到自己的脸，真的。他没有哭，可是他的眼睛看起来湿漉漉的。

他说失去了那几个孩子把她给拖垮了。最后一个。她再也没能恢复过来。

碗里还剩着一些布丁，不过我没有再继续吃了。父亲也没有碰自己的咖啡。

或许一个更好的男人会陪在她身旁，帮她熬过来，他说。可是，过了一段时间我就再也无法面对她的悲伤了。我想过正常的生活。简单说就是，我仓惶逃走了。

然后我和玛乔丽生了克洛伊。并不是说好像这么做就能把过去一笔勾销似的，只是对我来说生活变得轻松了，不用再去想那些事情了。可是对你母亲来说，一切始终没有消失。

关于这件事情他到此为止了，我俩再也没有提起过这个话题。他结了账，我俩回到了旅馆。第二天清晨我们又继续骑了一段路，骑着骑着我突然意识到对父亲来说走在佛蒙特的山路上除了开着一辆小面包车之外，其他方式都太奇怪了。骑了几个钟头之后我说就到这里吧，他没有提出异议。在回家的路上我几乎一直睡着。

七年级的这一年我基本上一直住在父亲家。好的一点在于因为跟父亲和玛乔丽住在一起，我们就不需要像以往那样每周六去弗兰德里斯吃那顿痛苦的晚餐了。在家吃饭更轻松。至少电视开着。

你或许以为我的母亲会劝人过去看她，可事实恰恰相反，至少有一阵子吧。她似乎不鼓励我去探望她，我骑着新车去她那里的时候（给她送去日常用品、从图书馆借来的书，还有我自己），她似乎总是没有空，而且一副心烦意乱的样子。

她说她有电话要打。维生素片的客户。还有那么多家务活等着她干。房子里没有需要擦去灰尘的家具，没有等着吸尘器清理的地毯，没人做饭，无人来访，可她从来不会仔细地说一说在这样的家里她究竟有哪些家务活需要做。

她说她读了很多书，这倒是真的。书就像以前的金宝汤那样堆得高高的。那些书看起来都不像是她会感兴趣的内容：林木和动物养殖、鸡、野花、苗圃培育，可是我们的院子还跟以前一样空空荡荡的。她最喜欢的书是一本出版于五十年代的单卷本著作，每次我去看她的时候那本书似乎总摆在厨房的餐桌上，书的作者是一对夫妻，海伦·聂瑞林和斯科特·聂瑞林①，书名叫《农庄生活手记》，讲的是他们自己的生活。他们原先住在康涅狄格之类的地方，后来他们丢下工作和房子，搬到了缅因州的乡下，在那里过着没有电的日子，也没有电话，吃着自己亲手种出来的东西。在书里的照片中斯科特·聂瑞林总是穿着工装裤，要不就是看起来旧兮兮的蓝色牛仔裤，这个早已过了壮年的男人弯着腰，拿着锄头翻着土，

① 斯科特·聂瑞林（1883年8月—1983年8月），美国激进派经济学家、教育家、作家、政治活动家。他同妻子海伦·聂瑞林（1904年2月—1995年9月）在佛蒙特州和缅因州山区开建森林农场，过了二十余年自给自足的农耕生活，倡导和平、自然、简约的生活，终生食素，合著有大量宣扬这种生活方式的著作。此处提到的这部著作全名为《农庄生活手记：混乱世界中的理智生活》。

他的妻子身着方格呢的衬衫，跟他一起翻着土。

我想母亲应该把那本书都背了下来，她读的次数太多了。他们两个人拥有的就只有彼此，她说。这就足够了。

我感觉母亲需要我，而父亲没有这种需要，或许是出于这种内疚，我最终断定我需要的是母亲，这也的确是事实。我怀念我俩在吃晚饭时的谈话，怀念她跟我说话的方式，玛乔丽跟不满二十一岁的人说话时似乎用的完全是另外一副腔调，她跟玛乔丽完全不同，跟我说话就像跟她的同龄人聊天一样。尽管会出现一些例外的情况，比如上门募捐的人、她的美加美客户，还有送油的人，但是说到聊天，她就只会跟我一个人聊天。

接下来的那个春天，我告诉父亲我想搬回去，住在母亲那里，父亲没有表示反对。第二天我就搬回到原先的住处了。

我参加了棒球队的选拔，他们让我打右外野。有一次，我们跟理查德的球队打了一场比赛，我接中了他远远打出来的一个高飞球，本来所有人都以为那会是一个三杀打。每次轮到我击球时我都有一个习惯。*看着球*，我说。我说得很小声，连捕手都听不到。结果，我的命中率高得超乎想象。

在整个高中阶段母亲和我住在一个多少可以算是家徒四壁的房子里。以为我们就要一去不返的那天我们在家里还留了不多的几件家具，不过除了打包装上车的东西，我们把其他所有东西都送人了，就连留给自己准备带去北方开始新生活的那些东西我们也几乎原封未动地放在纸箱里，只找出了咖啡壶和几件衣服。母亲跳舞的行头，那些极其漂亮的鞋和丝巾，她的折叠扇，以前挂在我家墙上的画，她的扬琴，甚至她的收录机也都一样留在车里。等我开始打工赚钱后我给自己买了一个随身听，我终于能随心所欲地听音乐了。

家里再也听不到弗兰克·西纳特拉和琼尼·米歇尔（现在我终于知道她的名字了），还有里奥纳德·科恩的歌声了。也听不到《红男绿女》的插曲了。什么音乐都听不到。没有音乐，无人跳舞。

熬过这段时期后我俩去了一趟古德韦商场，母亲买了足够我们吃饭用的碗碟、刀叉和杯子，对于基本上靠着速冻食品和汤罐头过日子的人来说实际上盘子也没有太大的用处。不过，升到十年级的时候我选修了家政课，当时他们开始专门为男生开设了这种课程。我发现自己对烹饪很感兴趣，母亲对烹饪一无所知，可是也不知道为什么我居然做得得心应手。我的一项专长就是馅饼，不过这个并非是从家政课上学来的。

高中阶段父亲和我还是保持着周六晚上出外聚餐的习惯，不过随着我的社交活动日趋频繁——我也终于有了社交生活——我们把聚餐的日子挪到了工作日的晚上，玛乔丽不再陪着我们一起出来了，大概所有人都觉得解放了。我跟理查德处得很不错，有时候妹妹克洛伊也会一起跟来，我开始喜欢跟她一起玩了。不过大部分时间基本上就只有父亲和我两个人，在我的建议下我们把地点从弗兰德里斯换到了城外不远处的卫城餐馆，在那里可以吃到希腊菜，这比以前强多了，甚至有一次趁着玛乔丽出城去看望她的姐姐，我去了父亲家，按照从杂志上看来的菜谱做了一道菜，马沙拉酒烩鸡。

一天晚上，在卫城餐馆吃着菠菜馅饼，几杯红酒下肚之后我父亲提起了性的话题。以前他努力过，想要给我补上这块空白，不过自那以后我们基本上就再也没有提起过这个话题。

所有人都在说这种狂野、疯狂的激情，他说。歌里就是这么唱的。你母亲就是这样的。她爱的是爱情。做任何事情她都没法将就。她对所有事情的感觉都那么强烈，好像这个世界超过了她的承受能力。听到谁家的孩子患了癌症，或者哪个老头死了妻子，甚至是他的狗死了，她都能感同身受。就好像她失去了最外层的皮肤，有了那层皮肤的保护人才能滴血不流地熬完一天又一天。这个世界超过了她的承受能力。

而我，我宁愿活得麻木点，他说。不管感到失去了什么，我都能抗得住。

一天，我从图书馆出来，走在回家的路上。我还跟父亲和玛乔丽住在一起的时候图书馆成了令我流连忘返的地方。那天是一个节日周末，或许是哥伦布发现美洲纪念日，不过退伍军人纪念日的可能性更大。我记得当时树叶已经落了，天黑得越来越早，我回家吃晚饭的时候各家各户都点上了灯。每天骑车赶回家——或者像那天晚上一样走路回家——一路上我从一家家的窗户望进去，看着住在里面的人，那些人做着所有人在家里做的事情，我就像是穿行在一座博物馆里，里面陈列着一整排打着灯的微缩立体模型，模型的标签上写着"人类生活"或"美国家庭"之类的字样。一个女人在水池旁切着菜。一个男人在读报纸。几个孩子在楼上的卧室里玩着扭扭乐。一个女孩躺在床上打着电话。

这条街上有一幢公寓楼，大概是一座老房子改造成的，路过那里时我总要抬头看一眼。我喜欢仔细打量其中一套公寓的窗户，那家人似乎每天都在同一时间吃晚饭，他们吃饭的时候我恰好从他们楼下经过。或许可以说我有点迷信，我觉得只要看到他们三个人——父亲、母亲和一个小男孩——围坐在餐桌旁，就像我平时那样，这天晚上就不会出什么岔子。当时我担心夜里熬不过去的人就只有我的母亲。那时她正一个人孤零零地坐在她的餐桌旁，喝着她的酒，读着她那本《农庄生活》。

最重要的是这家人看起来总是那么幸福，那么温馨。跟"人类生活"博物馆里的其他家庭模型相比，我更希望自己正朝着这样一个家赶回去。当然，你听不到他们在说些什么，但是不用听到什么你就能知道他们家的厨房里洋溢着一股温馨的气氛。他们聊的不是什么惊天动地的事情（亲爱的，今天过得怎么样？还行，你呢？），可是围绕在那张桌子的某种感觉，柔和的黄色灯光、频频点头的脸庞、那个女人抚摸她男人手臂的样子、看到小男孩挥舞起勺子时他们哈哈大笑的模样，这一切都让人觉得这一刻他们哪里也不想去，只想待在这里，或者说他们只想跟彼此待在一起。

我猜或许我忘记了自己身处何方，我只是站在那里。那个寒夜冷得我都看到自己的呼吸，看到从那幢楼的台阶上走下来的那个人的呼吸。那个人用皮带牵着一条小狗，那条狗小得就好像那个女孩在遛一根鸡毛掸子似的。那条狗甚至比最小的茶杯贵宾犬还小。

还没看到她的脸我就已经意识到自己认识这个遛狗的人，只是我忘了跟她是怎么认识的。我只能看到超大号的黑色外套下那瘦瘠麻秆的两条腿，还有高跟靴，我们这里的人不太怎么穿这种鞋。实际上根本就没人穿。

显然，在此之前她没怎么遛过这条狗，如果遛过，那她肯定总是把这条蠢得不是一般的狗抱在怀里。这会儿这条狗把绳子绞在了一起，绳子缠在她的腿上，狗却还在上蹿下跳，跑来跑去，一会儿扯紧了绳子，一会儿又把绳子全都松开，然后自己一动不动地在地上坐一会儿。

嗨，吉姆，那个人喊了一声。

这句话产生的效果就像我对母亲说*你应该经常出去走走。交点朋友，旅行一趟*。话音刚落小狗就变得更加疯狂了。它可能是咬了她的腿或者别的什么地方，她撒开了绳子，要不就是完全失去了控制，狗从台阶上一头扎了下来——吉姆？谁会管自己的狗叫吉姆这种名字？——照直冲向了拐角，一辆卡车也正冲向那里。

我一个健步冲过去，想要抓住它。不知怎的，我还真把它给抓住了。这时麻秆腿也摇摇晃晃地踩着高跟靴跑了过来，屁股后面还赘着一个很大的挎包。她原先还戴着帽子，是一顶宽檐帽，帽顶上翘着一根羽毛之类的东西，这会儿帽子也掉了，这样一来很容易就看清了她的脸。我这才意识到这个人是埃莉诺。她正步履凌乱地朝着我这里赶了过来。

在当年那个劳动节周末过后的头几个星期，世界飞旋不止的时候我的脑子里只有一团糨糊，想不清楚任何事情。我的怒气——我确实感到生气——全都是冲着自己。这股怒气始终没有消失，不过过了一阵子我意识到自己还应该对另一个人感到愤怒，那个人就是埃莉诺。

自从那天约着一起喝了咖啡，也就是她跳到我的身上那天以来我就再也没有见过她了。那年秋天她没有来我们学校，没有人认识她，即便想打听一下她的情况我也不知道该去问谁。我以为她又回芝加哥去了，继续去那里惹事了。大概这会儿她已经找到跟她做爱的人了。通过我俩短暂的接触就可以很清楚地看到她连哪怕十分钟的童贞都不打算保留了，这只是她众多计划中的一项。

她本来可以无视我的存在，弯腰捡起了帽子之后继续走掉就行了，可是她的狗在我的手上。它紧紧地贴在我的胸口，隔着夹克衫我还是能感觉到它的心跳加快了，就像是仓鼠乔还活着的那会儿我抱着乔的时候一样。

那是我的狗，她一边说，一边伸手要来抱它，就像是商店里等着找零的顾客。

它是我的人质，我说。换作平日我绝对不会说出这种狠话。可是这时这句话就这么脱口而出了。

你在说什么啊？她说。它是我的。

你跟警察说了弗兰克的事情，我说。在此之前我一直没有承认过这个事实，哪怕是对自己也没有承认过。这会儿我突然明白过来了。

你几乎把两个人的生活都给毁了，我说。

我要我的狗，她说。

噢，没错，我对她说。既然开始了，那我就得全神贯注，加强我的攻势。我都可以当夏威夷神探或别的什么人物了。在你看来它值多少钱？我问她。

如果你非要知道的话，吉姆是一条纯种的西施犬，花了我四百二十五块钱，这还不包括给它打的那些疫苗。关键不是这个。它本来就是我的。把它还给我。

以前，每当想到埃莉诺的所作所为时我考虑的总是她被我给气疯了，因为那天在秋千旁她脱掉了自己的内裤，可我却没有疯狂而激情四射地跟她做一场爱。我真是蠢到家了，我甚至始终没有想到赏金的问题。现在，事情过后一年，或者两年的时候，听到她提起这条价值四百二十五块钱、我刚刚从车轮底下救出来的狗崽时，我才突然意识到了这个问题。

我猜靠着出卖别人的母亲得到一万块钱的人完全有能力拿出几百块钱来买个小毛球，我说。

是我父亲给我的，她说。我上学的时候就是他在照顾吉姆。

就是说你终究还是上成了那个高级的艺术学校，我说。我的手仍旧揽着小狗的肚子。每当听到自己的名字时它的肚皮就吸紧了。没准这条狗也打算自绝于世，就像跟它同名的那个人一样，我说①。搞不到海洛因了，死在卡车的车轮下面应该能管用。

你真恶心，她说。难怪你没什么朋友。

我想你是不会关心的，我对她说。可我还是要告诉你，在我认识的所有人里，被警察抓走的那个人可能才是真正的好人。

说这句话的时候我只是想做做样子，可是话音刚落我就

---

① 此处指的是吉姆·莫里森，在前文中埃莉诺说过这是她最欣赏的男歌手。据称莫里森死于海洛因过量，但由于没有进行尸检，真正死因至今仍有争议。

意识到我说的完全是事实。一听到这话我就干了一件令自己痛恨不已的事情。我哭了起来。

这时她肯定想起了自己以前对我的看法——我是个废物。毫无疑问她能拿回自己的狗了。没人会觉得那一刻我是一个令人畏惧的人。

她一动不动，踩着高跟靴站在那里，手里抓着那顶荒诞的帽子和超大号的挎包，那个挎包看起来就像是她从变装游戏箱里翻出来的。她似乎更瘦了，不过也不一定，毕竟她穿着那么肥大的外套。她的眼睛下仍旧挂着黑眼圈，嘴唇紧紧地挤在一起。我不再觉得她会和别人做爱了。她看起来就像是一旦被人碰一下就会折断似的。

我不知道，她说。我只是希望出点不寻常的事情。她也哭了起来。

没错，是出事了，千真万确，我对她说。我把狗递给了她。虽然只抱了一小会儿，它还是舔了舔我的手。我感到它似乎更希望跟我待在一起，或许狗才最清楚除非万不得已，否则埃莉诺绝对不是一个令人渴望待在她身边的人。

几年后我在同校同学举办的一个聚会上又见到了她，那个同学跟搞表演的人混在一起。她的脖子上挂着一块小小的银坠子，护身符之类的东西，里面装着可卡因，她将一点可卡因放在镜子上，用鼻子吸着，还有一些人也在这么干，不过我没有吸。她依然那么瘦，不过倒不是以前那种瘦法。她的眼睛也跟以前一样，眼白全都露在外面。她装作不认识我，不过我知道她记得我，我也没再跟她说什么。我以前已经说得够多了——多到过分的程度。

高中最后一年我终于跟一个女孩发生了性关系。本来可以更早一些。我早就得到过机会了，跟埃莉诺做爱，可我当时的观念有些守旧，我觉得只应该跟自己深爱的女孩做爱，同时我也希望对方能够爱着我。贝姬就是这样的女孩。毕业之后，包括大一的下半年我俩一直在一起，最后她遇到了一个令她痴迷的男孩，显然她最终嫁给了那个人。有一阵子我以为自己再也挺不过来了，当然最后我还是挺了过来。十九岁的时候很多事情你都会信以为真。

母亲继续不时地在厨房里打着电话推销美加美，她也依然相信我能长到六英尺都是因为当时我每天服用维生素片的缘故，无论是她，还是我的父亲都算不上是大高个。

有一次母亲对我说，你是我认识的个子最高的一个人。

哦不，事实上，她说。这不是事实。我俩都清楚说这句话的时候她心里想的是谁，尽管我们都不会提起那个人的名字。

　　我离开家之后母亲找了一份工作，在玛乔丽看来大概算是真正的工作。这倒不是说比兜售维生素时她的收入提高了一些，只是她终于走出了家门。或许是我的离去迫使她明白自己得经常出出门了。

　　她独自去了镇上的老年活动中心，在那里做点服务工作，当舞蹈老师。狐步舞、华尔兹、两步舞、摇摆舞，各种各样老式的双人舞，不过老年活动中心里男女比例失调，在她教课的时候很多女人都得充当男性的角色。她成了一个了不起的老师，老年活动中心还有一个优点，在那里基本上见不到小孩子。

　　她的学生都非常喜爱她，没过多久他们就让她举办中心所有的活动项目，例如手工制作课，游艺之夜，有时候她还会搞一场疯疯癫癫的捡垃圾活动，即便坐在轮椅上的老家伙们也能参加。跟老人家们在一起这样生活似乎让母亲又焕发了青春。有时候看着她跟他们在一起，她为大家示范华尔兹转身或者林迪舞中的某个华丽舞步，她还是一如从前那样苗条，身材从未走样，我仍能依稀看到记忆中十三岁那年看到的她的那副神情。那个悠长的劳动节周末，弗兰克·钱伯斯来到我家，跟我们度过的那几天。

Chapter Twenty-Two

{ 　第二十二章　 }

———

他说但是有一件事情他始终放不

下。要是我写信告诉他这个念头很

愚蠢，很疯狂，也许反而能让他得

到解脱。可是他怎么也忘不掉我的

母亲。

十八年过去了。我已经三十一岁了，头发脱落了，或者说开始脱落了，住在纽约州的最北部。那时我跟女朋友阿米莉亚生活在一起，现在也依然如此，当年秋天我就跟这个女人结了婚。我俩租了一套小房子，从家里能俯瞰到哈德逊河。房子不防寒，到了冬天有时候风从河面上刮来，为了取暖我们就只能生一堆火，两个人一起裹着一条毯子守在火堆旁，紧紧地搂在一起。这么做没什么问题，阿米莉亚说。要是你不想跟一个人贴在一起，那你当初干吗要跟他在一起？

　　我俩过着值得庆幸的生活。阿米莉亚在幼儿园当老师，还在一个蓝草音乐①风格的小乐队里演奏班卓琴，令人感到意外的是我继母的儿子理查德是这个乐队的低音提琴手。四年前我上完了烹饪学校，在附近一个小镇当糕点师，就在那时我们那个餐馆受到了越来越多的关注，多得惊人。那年夏天我们去了新罕布什尔举行了婚礼，只是家人和不多的几个朋友参加的聚会。

　　前一年的夏天，纽约市的一位作家去了我们的餐馆，她

① 蓝草音乐，源于美国南部的一种快节奏民间音乐。

供职于那种花里胡哨的美食杂志，只有那些基本没时间做饭的人才买得起那种杂志。他们的杂志十分擅长用文章描述如何在自己的苹果园或缅因州的小岛上举办聚会，或者蒙大拿的湖岸边，在那里主人可以烹饪自己钓上来的鱼，而且不可思议的是刚好当时有十个朋友就在附近，这些朋友恰好全都是漂亮的瘦高个，全都那么酷，他们来到主人家，围坐在鳟鱼溪边的丰盛餐桌旁共进午餐或晚餐，恰好鱼也是从这条河里钓上来的。

他们希望通过精美的图片让读者看到有机农场种植出来的美食，还有老祖母当年会在老式柴禾炉子里烹制出的那种饭菜，当然谁家都没有这样的老祖母，在我认识的人里，谁家都没有像他们在杂志图片里竭力展示的那种人一样的亲戚，图片里的那些人也都过着跟真正生产这些农产品和烹饪这些菜肴的人截然不同的生活。

这位作家听说了我当甜品师的这家餐馆，她就过来了一趟。出于杂志的需要———张整版的图片——她挑选了我做的覆盆子桃子馅饼。

这种馅饼有一部分纯属我自己的创意，比如在馅里加进了糖霜姜。还加了新鲜的覆盆子。可是皮子完全来源于弗兰克。或者说是弗兰克的祖母，我在文章里就是这么说的。增稠剂的选择也是如此，我用的是美纽特木薯粉，而不是玉米淀粉。

在《新美食家》里我没有解释自己是在怎样的情况下学会这些制作皮子的窍门的。我只说是一位朋友教给我这些窍门，还说他是小时候跟着祖母学会的，就在那个他从小长大的圣诞树农场里。我说自己最初学会烤馅饼是在十三岁那一年，在文章中我还提到那天因为一桶新鲜桃子我意外地得到了这笔宝贵的财富，还提到在高温酷暑下制作皮子有多么困难。

最重要的是要让原材料全都保持低温状态，我说。

添水容易去水难。不要把面团揉得太狠。

不用管邮购目录上推销的那些昂贵的器材，我说。你的掌根才是捏合皮子的利器。

至于将顶部的皮子摆放在果馅上，在整个制作过程中正是在这一刻制作者必须完全进入无意识的状态。有一件事情你绝对不能做，那就是迟疑。扣皮子，将其盖在果馅上要快而有信心，我说。就像从窗户里跳出去一样，就在刚刚摘除阑尾大概只有十二个小时后，跳出窗户的时候你坚信自己一定会牢牢地站稳在地上。

文章刊出后我又受邀参加了纽约州雪城市当地电视台的一期上午档电视节目《本周主厨》，亲自演示了一番制作馅饼皮子的技巧。读者和观众给我发来了大量的信件，数量多得惊人，在信中他们都在咨询自己在制作皮子时出现的问题。似乎所有人都会碰到一些问题。我知道其他各种美食都不会比这个最平民的糕点——馅饼——更能激发起强烈的情感，甚至可以说是激情。

正如弗兰克曾经提醒过我的那样，围绕着起酥油的选择产生了最激烈的争执。一个读了杂志的女人在看到我混合使用猪油和黄油来制作酥皮后就写信告诉我猪油的各种坏处。另一个女人则对我使用黄油的做法提出了同样强烈的批评。

与此同时，我们这家餐馆——茉莉餐桌——的生意也越来越红火了。阿米莉亚和我买了一幢房子，我在窗户上加装了风雪护窗。餐馆老板茉莉请我在隔壁开了一间馅饼店，我的手下有五名烘焙师，他们全都按照弗兰克教给我的方法做着馅饼。

文章刊载后快满一年的时候我收到了一封信，邮戳看起来不太眼熟，是爱达荷州的什么地方。信封上的地址是用铅笔写的，回信地址栏中没有留下寄信人的姓名，只有一长串数字。

信封里装着一封写在横线纸上的信，信上的笔迹整洁清晰，不过字很小，似乎写信的人不想浪费纸张，有可能出于需要他的确是在节约信纸。

我坐了下来。在此之前我充满困惑，可现在记忆全都恢复了，就像在暴风雪中打开门时冲进来的一股强劲的寒流，或者在打开五百度高温的烤箱查看情况时从里面喷出来的热浪，还用说么？烤箱里当然是馅饼。记忆全都恢复了。

　　将近二十年过去了，可我仍旧能够清楚地看到我在普莱斯玛商场杂志货架前碰到他时看到的那张面孔，骨骼清晰的下颌，凹陷的面颊，直勾勾地盯着我的眼睛，他那双湛蓝的眼睛。当时我那么小，那么瘦弱，一心想看到 1987 年 9 月那期《花花公子》的密封包装里究竟有些什么东西，却只能满足于一本益智书，在当时的我看来那个男人原本应该很吓人。这会儿我又看到了那个男人，就像那天一样赫然耸立在我的面前，那么高的个子，那么大的两只手，低得不可思议的嗓音。可是，一碰到他我就知道自己可以信任这个人，他是一个光明正大、品行端正的人，即便是在气头上，在最恐惧的时候，在我担心他会带走我的母亲，把我一个人扔下，取代我的时候这种感觉也从未消失过。

　　将近二十年了，我没听到过这个人的一点消息，从信封里拿出信，将信纸——只有一张，仅此而已——打开的时候我突然有了一种熟悉的感觉，一如多年前我们坐在母亲的车里回家时的那种感觉，那时他就坐在后座上。我感到生活要改变了。很快世界就不再是从前的那个世界了。那是我的福音，有生以来的第一次。而现在，我却感到担心。

　　坐在餐馆后厨的案台旁，周围摆满了锅碗瓢盆和各种各样的刀具，我的维京牌烤箱，我的橡木案板，我突然听到了他用低沉的声音在对我说话。

亲爱的亨利：

　　但愿你还记得我。不过，要是你已经忘记了或许对你我才是更好的选择。我们一起度过了那个劳动节的周末，很多年前的事情了。那是我这一辈子最幸福的六天。

　　他在信中说有时人们会给他现在服刑的监狱里的图书馆捐赠一箱箱的旧杂志，就这样他在杂志上读到了那篇文章，就是介绍我做馅饼的那篇文章。首先他想向我表示祝贺，我有了这些成就，还上完了烹饪学校。他一直喜欢做饭，不过烤制糕点才是他的专长，我也清楚地记得这一点。实际上，要是我还想知道烤饼干的窍门，那他也有些想法可以跟我说说。

　　同时，他非常自豪，也非常开心地看到我一直没有忘记那么久以前他传授给我的技艺。

　　你也长大了，一想到你能给别人提供一些智慧的建议，或者说是窍门，我就感到开心。可是对我来说，我没有孩子，成年后的大部分时间都在接受劳教，我就没有多少机会给年轻人传授一些知识。不过，我还是记得你和我的那几次有趣的传接球训练，在那时你表现出的天分比你自己之前设想的要多。

他说自己之所以写这封信是想问我一个问题。他不希望再一次打扰我或者我家人的生活，也不想给我们增添更多的烦恼，他相信多年以前我们短暂的相处给我和我的家人造成了这样的影响。他最想问的实际上是另外那个人，可他却把信寄给了我，是因为他唯恐再一次给那个人带来痛苦，这个世上他最不愿意伤害的就是那个人。

要是你决定不回信的话我也能够理解。你的沉默就能充分说明问题，让我知道不要再抱着继续联系的希望。

很快他就能获得假释了。当然，之前他有大把的时间用来为下个月出狱后的生活作打算。他已经不年轻了，实际上刚刚过完五十八岁的生日，不过他的身体依然很硬朗，有大把力气干体力活。他希望自己能在哪里当个维修工，或者给人刷房子，或者像小时候那样回到农场务工，这才是他最喜欢的工作。除了跟我们在一起的那几天，儿时在农场的生活也是他最美好的记忆。

他说但是有一件事情他始终放不下。要是我写信告诉他这个念头很愚蠢，很疯狂，也许反而能让他得到解脱。可是他怎么也忘不掉我的母亲。很有可能她现在已经又嫁人了，跟丈夫住在别的什么地方，远离我们相遇的那个小镇。如果是这样的话，那她就会很幸福，很开心，知道她过得很好他也就开心了。他绝对不会打扰她，丝毫不会干涉她为自己选择的生活。我的母亲早就该拥有自己的幸福了，他写道。

可是，如果她还是一个人，我就想问问你，你觉得我能否给她写封信。我向你保证，如果让阿黛尔伤心的话我宁愿剁掉自己的手。

他写下了自己的地址，还有他获释的日期。在落款处他写道："你诚挚的，弗兰克·钱伯斯。"

在我十三岁那年他相信我不会出卖他，结果我出卖了他。我在那短短几天里干的事情葬送了他十八年的生命，他本应该和我母亲这个深爱他的女人一同经历的生命。

我当然也把自己的母亲给出卖了。她跟弗兰克共同度过的那五个夜晚，二十多年的时间里那是她唯一一段同男人同床共寝的时光。那时我以为世上最糟糕的事情莫过于躺在黑暗中，听着他们俩做爱的声响，后来我才知道最糟糕的是墙壁另一侧悄无声息。

在信中弗兰克没有提起警察开车来抓捕他的那天我都干了些什么。也没有提到我母亲愿意让警方相信他强行将我俩绑了起来，拘禁了我俩。他只说自己希望再见见她，如果她愿意的话。

　　当天我就给他回了信，告诉他我母亲的住址不难找，要找回他在她心中的位置更非难事。她仍旧住在我们以前的老地方。

{ 　第二十三章　 }

————

我渐渐才明白真正的毒品是爱。那
种稀有罕见的爱情，无法解释的爱
情。一个男人从二楼的窗户里跳下
来，一路狂奔，身上不停地冒着血，
就这样一直冲到了折扣商场，一个
女人开着车带他回了家。

埃莉诺曾告诉我性就是毒品。一旦涉及性，人们就彻底丧失了理智。他们能干出平时绝对干不了的事情。他们干的事情或许很疯狂。甚至有可能很危险。或许会让他们心碎，或者让别人心碎。

　　对埃莉诺而言那个漫长炎热的周末发生在我们家的一切都跟性有关，或许对十三岁的那个我来说也是如此，那时我躺在狭窄的单人床上，上半身紧紧地贴着墙壁，母亲的床就在墙壁的另一侧，她躺在床上，跟弗兰克做着爱。对于那个夏天还只有十三岁大的我来说，一切都跟性有关，各种各样的关系，可是到最后，当机会自动送上门，我终于可以知道性是什么东西，终于可以**尝尝这种毒品**的时候，我选择了放弃。

　　我渐渐才明白真正的毒品是爱。那种稀有罕见的爱情，无法解释的爱情。一个男人从二楼的窗户里跳下来，一路狂奔，身上不停地冒着血，就这样一直冲到了折扣商场，一个女人开着车带他回了家。这是两个没法走到外面世界的人，他们在我们以前那幢黄色的房子里创造了一个自己的世界，那个世界被几面薄得要死的墙壁包裹着。在将近六天的时间里他们紧紧地抓着对方，以挽救自己宝贵的生命。这十九年来他一直等待着有一天自己回到她的身边。终于，他回来了。

因为重刑犯的身份他没法移民去加拿大，他俩最远也只能搬到靠近边境的缅因州。从纽约州北部开车到那里要走好长一段路，再加上还带着一个刚出世的小宝宝，路上就更不容易了。不过，我们去那里的次数比你想象的要多得多。

女儿一哭我们就在路边停下车，给她解开安全座椅的搭扣，抱着她就行了。有时候停车的地方并不适合做这种事情，多半还会停在州际公路上。有时候再有二十分钟就能到他俩那里了，你或许会说已经很近了，没关系，坚持开到底就好了。

可我总是会停下车，抱起我们的女儿。不是我的妻子，就是我。要是看到有卡车疾驰过来，我们就会走下路堤，躲开一点噪音。有时候我会把手拢在她的耳朵上。要是旁边有块草地，那我还会躺下来，让她躺在我赤裸的胸口上；赶上冬天的话我就把她装在我的夹克里面，拉起夹克的拉链，我还会抓一把雪放在她的舌头上；如果是夜里，我们或许还会看一会儿星星。我发现小孩子对感觉的判断力最为准确，尽管她还不会说话，也不懂得任何知识或者生活的法则。小孩子用来领会这个世界的就只有她的五种感官。抱着她，为她唱歌，让她看一看夜晚的星空，或者一片颤抖的树叶，或者一只飞虫。就这样，也只有这样，她了解着这个世界，看看这个世界究竟是一个安全温馨的居所，还是一个残酷无情的地方。

她至少注意到了在这个世上自己并不是孤身一人。根据自己的经验我知道如果能让自己慢下来，多付出关心，听从简简单单的爱的本能，别人就有可能做出友好的反应。在面对婴儿时这条规律基本屡试不爽，对大多数人来说也是如此。或许对狗来说也是一样的。甚至是仓鼠。还有这个世上被生活摧残得似乎已经毫无希望的那些人，其实希望总还是有的。

我就这样跟她说着话。有时候我们还会跳跳舞。当女儿的呼吸重新平缓下来，或许已经睡着了，也许还没有睡着，我们便重新把她放回到车上的安全座椅里，给她系好安全扣，继续朝着北方走去。我知道不管我们何时才能把车开到他们家门前那条长长的土路上，他们的房子始终会亮着灯，还没等我们开到地方，家门就已经打开了。母亲站在那里，弗兰克陪在她的身旁。

你把孩子带来了，她说。

致谢

———

我要对麦克道尔艺术村，以及创建并维持艺术村的每一个人致以深深的感谢，感谢麦克道尔艺术村对艺术工作的鼎力支持，任何艺术家都希望身处于这样一个艺术村。感谢与我一起住在这个艺术村和雅都艺术村的每一位艺术家，他们对自己作品的共通的爱滋养着我的这种爱。

对于朱迪·法卡斯对我的帮助我也心怀感激，她不仅给予我鼓励，还将这部书稿交给了我的经纪人戴维·库恩，正是从后者那里我感受到了热情、信心，还得到了无与伦比的编辑意见。同时我还要对威廉莫罗出版社的詹妮弗·布瑞尔致以衷心的感谢与无比的敬意，她不仅拥有耐心倾听的耳朵，而且还有一颗超乎寻常的宽广而温柔的心。为这部书稿保驾护航，直至看着它付梓出版的威廉莫罗出版社众多同仁都应该得到我的感谢，但我尤其想要单独对无与伦比的莉萨·加拉格尔表示谢意，书稿经由莉萨出版是作者的幸运。

我无法想象如果没有身边那些家人一样的朋友，以及其他那些朋友——那些长期支持我的读者，很多人我只能通过书信与其保持着交往——我的写作生涯会变成何种模样。在讲述每一个故事的时候我都将你们放在我的心里。我的女儿，也是我的第一个孩子，奥德丽·贝瑟尔跟我一起在劳动节这一天爬上了我们最喜欢的莫纳德诺克山，同我一道庆祝了这本书的出版，同时也是庆祝我们之间坚如磐石的感情。我还想说的是我永远深爱着陪我一起走过十二年艰辛岁月，对我的信心与支持从未动摇过的那个男人：戴维·希夫。